美土里倶楽部《みどりくらぶ》

村田喜代子

中央公論新社

美土里倶楽部　目次

装画　才村昌子

fantasia

「彼方に押し出されて」

装幀　中央公論新社デザイン室

美土里倶楽部

第一章

美土里《みどり》は関門海峡に近い坂の上の町に住んでいる。

窓から東を望むと青白く光る長大な関門橋が見え、西は八幡製鐵《やはたせいてつ》の煙突の林と煙霧が洞《どう》海《かい》湾の景色をさえぎる。海峡を航行する船の船笛は朝な夕な、坂の上の町まで遠く流れてきた。

春、四月初旬だった。

美土里は週に二回、夫の着替えを入れた紙袋を提げて、門司《もじ》の坂の町を降りて行く。眼下にはJR門司駅の建物と、背後には海が広がっていた。春先の山に新芽が出るように、この時期の海の色も海草の芽吹きで明るいのだ。

道をだいぶ降りた中途の辺りで、美土里は今日も右手の一軒の家を見た。レンガ塀のこぢんまりとした二階家の門扉に、敷布団が一枚干してあった。通るたびに少し気になった。門扉は人が出入りするところだ。そんな邪魔になるような場所になぜ布団を干すのだろう。坂を降りるたびに同じ光景に出会う。スチール製の門扉はようやく人が一人通れそうな幅なのに、この家の主婦が出がけに無造作に引っ掛けて行くのだろうか。

この家に子どもがいたら学校から帰ってきたとき、まず布団を外さねばならない。それから布団を抱えて家の中に入るだろう。子どもがいなかったら主婦が取り込む。いずれにしても面倒なはずだった。家の庭には塀越しにベランダと物干しも見えている。そこに干せばすむことである。

九州の桜の開花は三月末で、段々状の町にも点々と桜の花の傘が開いている。その桜に混じって家々の布団が出ていた。坂の町の桜と布団のシンフォニーというか。一年前に始まったコロナ禍を思うと、美土里には桜も布団干しも平和な暮らしの絵を見るようである。

布団の白といえば、美土里は子どもの頃に見た祝日の、軒先に揺れる日の丸の旗を思い出した。布団はその白地の色と重なるのだ。年長の女友達にそれを話すと相手は返事を濁《にご》した。日本の国旗が暗い戦争を象徴した時代があったのだ。年齢が七、八歳も違うと白地の日の丸の旗は別の意味を持つのだった。

坂の町を十分ほどで降りるとJRの門司駅前に出る。

そこから小倉は一駅だ。美土里は数分で小倉の喧騒の中に入る。正月の過ぎた一月夜半、夫の寛宣《ひろのぶ》が頸椎性脊髄症《けいついせいせきずいしょう》の悪化で全身麻痺を起こして緊急入院したのだった。三月に入って、ようやく寛宣の病状は落ち着いた。

それからリハビリ専門の病院に転院して、身体機能を回復させるトレーニングが始まった。週二日から土日を除く連日へと増えていく。トレーナーや肌着など、病院へ持って行く着替えは増えたが、美土里の足取りは軽くなった。


あれは一月半ばの深夜だった。

海峡を航行する船の船笛は夜も流れてくる。だがそれは住民の眠りをさまたげる音ではなくて、安らかな人間の寝息のようでもあった。美土里はそんな船笛を何度か聞きながら、その夜も深い眠りに入っていった。

何時頃だったか、突然、ゴトン！　と異様な音に眼が覚めた。大きな音ではなかったが、何か重くてしたたかな物が床に落ちたような響きである。美土里は半身を起こして隣のベッドを見た。布団がずれて寛宣の体はない。驚いてベッドを横に這《は》って床を覗くと、寛宣が仰向けに落ちて芋虫のように転がっていた。

「起こせ」

とかすれ声がした。寛宣の寝巻の胸に飛びついて、両腕を摑んで引き起こそうとするがピリとも動かなかった。異様な重さを感じる。今度は寛宣の背中の下に右手を入れて引き起こそうとする。

まさか。今まで感じたことのない重量だった。起こすに起こせない。右手を寛宣の体と床板の間に差し込もうとするが、なぜか背中は床に鉄板のように張り付いて隙間というものがない。怖ろしい夢を見ている気持ちがした。

起こせ、と寛宣の声は哀訴に変わっていく。

体の異変は転落のせいではないようだ。体が麻痺して眼が覚めたのではないかと思った。それで必死に藻掻《もが》いてベッドから落ちてしまった。美土里は部屋の灯りを点《つ》けて、またすぐ消した。寛宣が眩《まぶ》しかろう。が、それよりも一夜にして変わり果てた彼の姿を、電燈の灯りに曝《さら》したくはない。灯りの消えた部屋の底で美土里は寛宣の横に付き添って座った。

床は冷え切って、寛宣の体も急速に熱を失っていく。タオルを取ってきて彼の首の下に通してみた。その片端を斜めに腕に巻きつけた。力一杯そのタオルを引き上げると、少し持ち上がった肩の下に、美土里は自分の片足をグイッと差し込んだ。それでやっと少し上体が上がる。

美土里はタオルの両端を摑んで仁王立ちになった。だがこれからどうする？　この格好で彼の体を吊り上げるにはクレーンがいりそうだ。いつかテレビで老人施設の入浴シーンを見た。着衣を脱がされた年寄りが天井からレールに吊るされて、浴槽に入れられていた。

あれがいる。

「寒い」

と言うので、ベッドの毛布を降ろしてかぶせた。けれどその毛布の端を体の下に敷き込んでやることはできない。さぞ寒いだろうと、毛布の上から美土里は自分の身を寄せた。

「こ、このまま動けなかったら地獄だ……」

寛宣がかすれ声で口走った。

地獄。と聞いて美土里は耳を疑った。

寛宣はそんなやわな言葉を吐くような人間ではなかった。そんなありもしないことを言う男でもない。すると今自分たちが落ち込んでいるここは、昨夜まで生きていた世界とは違うのではないか。美土里は慄然《りつぜん》となる。昨日までいた所へ戻ることのできない世界にきてしまったのだろうか。

「きつい。体の向きを変えてくれ」

と寛宣が言う。美土里は彼の体を右へ傾けるのに数分も格闘した。しばらくするとまた向きを変えろと苦しむ。また格闘して左へ傾けてやる。へとへとになった美土里は、寛宣のそばに力尽きて座り込んだ。その眼が壁の時計の文字盤を見た。午前四時二十五分。長い夜が明けかかっている。

その頃やっと美土里の脳裏に娘の佐衣子《さいこ》の顔が浮かんだのである。携帯で電話を掛けると、徹夜勤務の佐衣子の声がした。美土里はようやく人間の世界に戻った気がした。

佐衣子は大学病院のナースセンターで知らせを聞くと救急に通報し、それから自分の家に電話を掛けて夫の亮《あきら》に急を告げた。

婿の市川《いちかわ》亮が夜明け前の国道を飛ばして美土里の家に駆け付けたときは、救急隊員が三人がかりで、寛宣の体を二階から運び降ろしたところだった。

未明の闇を突っ切って救急車は走る。サイレンの音も美土里の記憶にはない。自分が救急車に同乗したのか、亮の車の助手席に乗って、後を追いかけたのかも覚えてない。救急車の中はまばゆいほど明るかった。だが寛宣が走る車内でどんな処置を受けているのか見た覚えがない。

ただ火の玉が飛んで行くように走った。


リハビリ病院の自動ドアの向こうは、いつもひとけがなかった。コロナ対策に玄関を閉じて、横手の非常口から入って体温をはかる。来院者は極端に減っていて待たされることはない。病院の奥の状態は分からないが、受付のロビーは森閑として廃院のようだ。

受付で来意を告げると、担当看護師も汚れ物の大袋を提げて出てくる。洗って持ってき

た袋を渡して、代わりに汚れ物の袋を受け取る。そのとき看護師が片手に持ったｉＰａｄを美土里に示して、

「昨日トレーニング室で撮ったご主人の様子です。よく頑張っていらっしゃるので、見て行かれませんか」

と誘った。喜んでうなずくと事務室に案内された。隅の机に向かい合うと、看護師が「では始まります」と言う。机にやや大きめのｉＰａｄを立てて開くと、リハビリ室の白い壁を背に車椅子の老人が映った。

寛宣である。当年とって八十歳。痩せた風にも見えなくて穏やかな顔だ。小さいながら株式会社を経営していて、外へ出るとこんな表情になる。トレーニングは車椅子から立ち上がる練習のようだった。足が利《き》かないので、重力に抗うのと同じような状態だ。

両手で車椅子の脇のサドルを摑んで、腰を立てようとする。その手も、足も利かなくて、体のどこを支柱にしているのか見当もつかない。手がなくて、足もない。腰もなくて、骨がない。寛宣は何処にいるのだろうと思う。彼を支えてくれる床も柱も壁もない。見えているのに、ないも同然。美土里はだんだん息苦しくなってきた。

「頑張ってますよ、倉田《くらた》さん」

看護師が言う。

すると寛宣の体がしだいにせり上がっていく。それから腰が立つとそれを支柱にして背骨が伸びていった。背景は白い壁で何もない。何か寛宣の昇天図を見るような不思議な眺めだった。

「まずい給食も残さず召し上がります」

看護師がほめる。いつも前向きで、人当たりも良い寛宣はリハビリ室で好かれているらしい。美土里もiPadを持っている。スマホより画面が大きく見やすいので常時バッグに入れている。看護師は寛宣の動画を美土里のiPadに取り込んでくれた。これに勝るプレゼントはないと思う。礼を言って部屋を出ると、汚れ物の袋を提げて病院を出た。

駅に戻る途中の道で携帯電話が鳴った。寛宣だ。手の指がきかないので看護師に掛けてもらったのだ。

「動画見たか？」

「立ち上がるの見たわ。吃驚《びっくり》した」

小倉《こくら》城のそばの紫川《むらさきがわ》の土手を歩いていた。桜並木の下を通る。一月に入院したきり寛宣は桜が咲いたのも知らない。

「ありがとう」

と寛宣のかすれ声がする。何が？　と尋ねかけて、着替えを持ってきた礼のことだと納得した。携帯はそこで切れた。

数分間も手に物を握っているのは無理なのだ。携帯電話で短い会話ができる。美土里も「ありがとう」と言いたい気持ちがする。だが誰に言えばいいのか分からない。

デパートに寄って、寛宣のトレーナーの替えを買い足した。前開きは少ないので探して歩いた。自分のための惣菜も少し買って外に出ると夕陽が射していた。

門司駅に着いた頃には薄闇が降りていた。美土里は坂をゆっくりと登りながら、くるときに見た門扉の布団のことを思い出す。どうかあの布団がなくなっているように、と願いたくなる。坂の町の桜は夕闇の中に白く沈んでいる。代わりに家々の灯りが星の町のように浮かび上がっていた。

通りを登って行くと、やがてその布団の家に差し掛かる。家一軒分の影ができていた。建物を影が呑み込んでいる。窓の灯りはなかった。門扉の前までくると思わず足が止まった。薄闇の中に敷布団はまだそのまま干してあった。

街灯の下の表札を見ると、『石坂』の姓が刻まれている。隣家の窓には灯りが点いていた。壁一枚、レンガ塀一つへだてただけで人間の気配は濃いものだ。

二軒の門前を見較べると、布団の家の前はコンクリートの隙間にいつの間にか雑草が伸び始めている。もし仮に美土里が初めてこの家の布団に気付いた頃から、布団は干されっ放しになっていたとすると、ひと月ほども日にちが経っている。その間には晴天も雨天もあった。

そう思って見直すと、門扉に垂れた布団の位置も、二つ折りにぶら下がった両端のずれ具合も初めから変わっていないように思えるのだ。すると長い間に布団は夜露に濡れ、昼の日に曝《さら》され、あるいは雨にざんざんと打たれるに任せていたことにならないか。

糊のきいた敷布団カバーは生地も厚くて、汚れも見えにくかった。そばへ寄ると中綿はどうやら化繊らしくて、少しへたって見えた。布団カバーの皺の窪《くぼ》みには細かな砂塵が降っていた。たぶんこないだの春の嵐が残していったものだろう。門扉を埋めるように庭の敷石の間から雑草が勢いよく生えていた。

ある朝、美土里がいつものように坂を下りて行くと、その家の門扉から敷布団がすっぽりと消えていた。中を覗くと伸び放題の草の間に誰が降ろしたのか、ぐるぐる巻きにされた布団が紐で結わえられて突っ込んであった。布団は見る影もなく汚れて、何か大きな動物の屍骸《しがい》を放ったように、草に埋もれかけている。

梅雨が明けると町の人たちの話が遅ればせにささやかれた。それによると住人は五十代の夫婦のようだった。妻が先に癌で亡くなって、その一年内くらいの間に夫も病気で入院したらしいという。その後、夫がどうなったか知る人はいない。どうも亡くなったのではないかという暗い話も聞いたがそれも止んだ。

坂の町では噂話が長続きすることなく、高齢者の多くはひっそりと暮らしている。通りはつねに静かでゴミ一つ落ちていない。ただいつの間にかここで、ひと組の夫婦が消えて行って空き家だけが残った。

寛宣のリハビリは順調に進んで行く。医師の口からやがて退院後の話なども出てくるようになった。退院した後はしばらくリハビリ付きの施設に入るか、そのまま直接、自宅に帰って通院するか、寛宣の世話は美土里がするのだから無理のないように彼女が決めてもいいという。

寛宣に携帯電話で聞いてみた。

「車椅子で動けるようになったら、うちへ帰ってくる？　それともしばらくはリハビリ施設に入ってみる？」

聞くまでもないことだ。

「帰る」

と、有無を言わさない返事だ。

「おれにも意志がある。希望がある」

出にくい声を力を込めて出すので怒っているように聞こえる。おい、おい、待ってよ、と美土里は心で思う。だからあなたの希望というか意志というものを尋ねてるの。

「家に帰るのね」

「帰る」

「わかりました」

それでいいのだ。ここへ転院してまだ一度も顔を合わせていなかった。美土里は医師に、できれば連れて帰りたいと言った。二階から書庫へ降りる階段をエレベータにする。書庫のドアを開けると駐車場に出られる。博多《はかた》の知人が老親のためにエレベータを取り付けたそうだ。家庭用の車椅子一つがやっと入るものだという。

「後はもう少しリハビリが進んで、杖で歩けるようになるといいですがね」

山登りにすると山頂がそろそろ見え始めた頃だろうか。

やがて夏が来た。


八月も後わずかという昼下がり。

リハビリ病院から緊急の電話が鳴った。

寛宣が数日前から四十度台の熱を出して、コロナの検査をしたがその疑いは消えたという。何か別の重症の肺炎を起こしているようで、明朝一番に救急車で元のR総合病院へ転院することになった。美土里は再入院の支度をして午前八時前にリハビリ病院にきて待つように言い渡された。

R総合病院へ逆戻りとは、ただごとではなかった。ちょうど夜勤明けの佐衣子に携帯で電話をかけると、運良く緊急の休みが取れたということで、朝七時までにそっちへ行くと知らせがあった。

また底の知れない闇が美土里の眼前にかぶさってきた。

翌朝七時前に佐衣子の車が着いた。コロナ禍の緊急時の付き添いは家族二人までが許されていた。娘婿の亮は会社に出勤して連絡を待つ。リハビリ病院に着いて体温測定を受けると、美土里たちは静まり返ったロビーに入る。

「病室には奥さんだけお入りください」

と担当看護師が廊下を先に立って行く。美土里は一度も覗くことのなかった病棟の廊下を初めて歩いた。寛宣の部屋のベッドは白いカーテンで囲われていた。横の壁には衣類や洗面用具等、患者の身の回りの物を入れた棚がある。救急車が迎えにくるまでに、この棚の所持品すべてを袋に詰めて、転院の用意をするように言われた。

白いカーテンの中の寝台に寛宣が寝かされていた。リハビリの動画で見て以来、いつの間にか寛宣の顔には白い髭が生えていた。見知らぬ老人のようでドキッとした。感染症は病人を家族から離してしまう。患者は医者と看護師と介護士たちの壁に包囲される。美土里はカーテンの隙間から寛宣を覗き見た。病衣の間から上下する肋骨が覗いて、呼吸器をはめた喉が激しくあえいでいる。

美土里は黙々と棚の荷物を袋に詰め込んだ。佐衣子は入口のロビーで荷物がくるのを待っている。救急車が到着した。寛宣は看護師が押してきたストレッチャーに移され、廊下へ滑り出た。リハビリに明日の希望をつないで、毎日この廊下を車椅子で行き来したはずだ。彼はもう眼を瞑《つむ》っている。

玄関に待っていた救急車に寛宣が運びこまれる。元の病院は近い。車のサイレンが朝の静かな国道に流れた。R総合病院の裏口へ入ると、ひとまず寛宣はガランとした薄暗い部屋に運ばれた。大きな建物のひとけのない空室だったので地下かもしれなかった。そこで待たされた。

「ここはどこだ」

寛宣が眼を開けてかすかな声を出した。

「最初に入ったR総合病院よ。発熱の治療でまたやってきたの。もうすぐらくになるから」

本人には肺炎のことは伏せている。寛宣の不安が美土里の身に染みるように伝わってくる。ひとけのない大きな建物の中を、ガラガラとストレッチャーに乗せられて移動する。彼が知りたいのは自分の今の位置よりも、突然に起きた今の状況だろう。これから何処へ連れて行かれるのか。

二十分ほど待っていると、これから入る病室が整ったのか、迎えの看護師がきた。ここでまた別れとなる。寛宣の行く所がどんな部屋なのか、家族が知ることはできない。看護師にリハビリ病院から持ってきた身の回り品の大袋を手渡した。それから寛宣のストレッチャーを見送った。

地下から上がってロビーで待っていると、最初に会った担当医師に呼ばれて説明を受け、高熱の原因を知らされた。じつは二十年近く前、寛宣はこの病院で弓部大動脈瘤の手術を受けた。人工心肺を用いて心臓を止める難易度の高い手術だったが、そのとき胸部を開いた際に侵入した菌だった。

滅菌した手術室でもいったん開胸すると細菌の侵入を完全に防ぐことは難しい。寛宣の肺に棲《す》みついた微細な菌は、影のように虎視眈々と宿主《しゅくしゅ》の肉体の老化を待っていた。壮年期に増殖をまぬがれた侵入菌はここへきて頸椎症で勢いを取り戻し、見る間に彼の肺臓を焼け野原にした。

転院から五日目に病院の呼び出しを受ける。

ひと晩、美土里と佐衣子の二人だけ、病院に泊まる許可を与えられた。コロナ禍の異例な面会許可で、これが最後の面会になるのかと美土里は心を決めた。

病人は酸素マスクを装着されて眠らされている。

酸素マスクは透明である。美土里はそれをひと目見たとたん、寛宣の苦悶がただならぬことを知った。プラスチックの半円球の中は猛烈な嵐だった。寛宣の乱れた呼吸音と、中に送り込まれる酸素の強風とがビュービューと揉《も》み合っていた。この嵐の中で呼吸ができるのだろうか。

寛宣の眼が美土里をとらえた。死の間際にも近視の人間は眼鏡を掛けさせられている。眼は生きねばならない。

生きるためには、口からの食事を絶たれても、ものを見る眼と、声を聴く耳は要《い》るのだった。寛宣は一月の入院以来、昼夜を問わずコロナウイルス防止のマスクを付けている。耳の痛さに夜中にマスクを外すと、見回りの看護師がまた付け直す。

眼鏡のつるとマスクの紐が重なって、彼の耳は切れた。酸素マスクの紐はさらにきつい。看護師が寛宣の耳の後ろにガーゼを挟んでくれたが、痛みがやんだとは思えない。

義弟の倉田義弘《よしひろ》に連絡をして、自宅でｉＰａｄを用意するよう頼んだ。美土里が持ってきたｉＰａｄでベッドの寛宣の姿を撮って義弘に送ってやる。彼の妻が義弘の動画を撮って、寛宣に送ってくれる。

「兄貴、おれ、ずっとそばにいるからな」

寛宣がうなずいた。

夜半、薬の注入で寛宣が眠らされた後、美土里と佐衣子は家に帰った。


月が変わっても寛宣の容態は一進一退を繰り返した。

そして転院から八日目の朝、病院から呼び出しがきた。

美土里は寛宣の狭い個室の寝台にすがりついて見守った。寛宣の酸素マスクの中の嵐はさらに激しくなる。もう暴風としかいえなかった。

担当医と佐衣子は廊下で声を落として話し合った。呼吸苦を和らげるモルヒネの持続注射と、意識レベルを落とす『鎮静法』で寛宣を眠らせ続ける。眠りながら生かされる。

酸素マスクの嵐がひとまず止むと、その夜は病院に泊まることになった。コロナ禍での宿泊は、長い廊下のひと隅に長椅子が運ばれて枕と毛布が置かれているだけだが、泊めて貰えるだけで有難かった。寛宣の入った部屋は二つ先のドアである。浅い切れ切れの眠りをつないで、また朝がきた。

マスクの暴風が再び激しくなる。担当医と話し合う佐衣子の声が一段と低くなった。美土里にも聞かせたくない内容なのか。生きる限り苦しまねばならないのなら、もう逝《い》かせてやりたい、と美土里も思い始めた。

「お父さん、らくになって貰おうか……」

夕方、佐衣子が思い余ったように言った。

佐衣子は担当医と話し合うと、自宅に電話をした。

「亮。これからお父さんの様子をiＰａｄで送るから。見納めだからようく見ておいてね。お父さんに声をかけてくれてもいいわ」

ただ、寛宣の耳に届くかどうかは分からない。言葉はいずれにしても交わすことはできなかった。画像の中でだけでも最期のときを一緒に過ごしてほしい。

自宅で待機中の亮の姿がこちらのiＰａｄに映った。カメラを反転させているのだろう。

「お父さん、見える？　ア、キ、ラ、さんよ」

マスクの嵐の中で寛宣がうなずいた。

「亮。お父さんが、見える？」

と佐衣子の声が大きくなる。

「お義父《とう》さん、お義父さん、お義父さん！」

と亮が嚙みつくように呼び続ける。

義父と婿。長年のゴルフ友達の別れだった。

そうやって、嵐の吹きすさぶ狭い病室を、姿なき寛宣の影は誰にも気付かれることなく出て行った。

九月初旬の昼下がりだった。

死亡の確認と遺体の処置がすんで、寛宣がストレッチャーで運ばれた先は地下の霊安室だった。すでに葬儀社の車は連絡済みで、待機していた喪服の男が二人、無言で頭を下げた。

入院するときはサイレンの鳴る白い救急車で、出て行くときは葬儀社のネーム入りの黒いワゴン車だった。寛宣は、もう音もなくひっそりと天上に昇っていただろう。

葬儀社の車は一路走り出した。

街の中を抜けて住宅地へ出る。行く手に斎場が立っていた。美土里の家の近くにあるのですぐに分かった。ここで一晩を過ごすのだ。

中へ入ると出迎えた係の男たちが寛宣の寝棺《ねかん》を引き出す。場内に入ると正面に祭壇が設けられ、寛宣の納まった寝棺はそこへ北枕で安置された。美土里と佐衣子は茫然と見ていた。朝まで生きていた人間が死んだ人になる。いや、この斎場ではホトケと呼ばれることになる。

美土里と佐衣子と義弟の倉田義弘が、新仏《にいぼとけ》と一夜を共にすることになった。葬儀社が引き上げて行った後、美土里は近くのコンビニへ夕食の弁当と缶酒を買いに行った。酒は美土里と義弘のぶんである。

夕食がすむと義弘は黙ってお辞儀をして、それから祭壇の寛宣の寝棺の前に座って灯明を上げた。線香を焚く。美土里と佐衣子は三人分の布団を敷き終えると、合掌している義弘の背中を眺めた。美土里は寛宣の柩《ひつぎ》に両手を合わせる気にはならなかった。きつく手を握り締めた。

間違っていると思った。

一夜明けて、寛宣の通夜の日になった。

涙を拭く暇もなく忙しい朝だった。通夜は午後七時から斎場の同じ部屋でおこなわれる。美土里は婿の亮に電話を掛けて、寛宣のゴルフ仲間三人だけに連絡を取ってくれるよう頼んだ。というのも前の晩、葬儀の担当者が頭を低くして頼んできたのだ。

「恐れいりますがコロナ感染症拡大の時期に当たり、通夜と葬儀のお客様の人数は極力控えて戴けますよう、お願いいたします。万一、この会場で感染者が出た場合、当館は当分の間、閉館の措置を受けることになります。参列予定の名簿にないお客様が来館されたときは、入場をお断りさせて戴くことになります」

臨終の立ち合いも二人に絞られたほどだから、葬儀社の言い分もうなずける。亮も入れて電話で話し合い、葬儀は家族葬の形で、会社関係は付き合いの深かった一社の代表だけに通知する。

結局、寛宣の死を知らせたのは、それでも三十人ほどになった。葬儀社はそれを聞いて胸を撫《な》でおろした。

通夜の朝、また美土里はコンビニに三人分の朝食用のパンと牛乳などを買いに行き、食事がすむと佐衣子の車で家に喪服を取りに帰った。

秋晴れの空の下、あっちへ行き、こっちへ行きしている自分が不思議だ。昨日はR総合病院の寛宣の枕元にいたのに、地下の霊安室から柩を乗せた車で外に出て、葬儀社の見慣れない斎場の一室で仮眠を取り、夜が明けると黒ずくめのカラスみたいな喪服姿になっている。

通夜の夜、ホールが開かないうち、真っ先に入口に現れたのはかつての三人のゴルフ仲間だ。壮年組のメンバーに付いて行けない年寄り組の砦《とりで》の一人を失ったのだ。次に駆け付けたのは、美土里の区民館の講座仲間の女性が三人。パソコン教室と読書ボランティアの会の役員だ。趣味の仲間たちの結束は固いのである。

三日目の夕方、葬儀と焼骨を終えて美土里は帰宅した。

斎場の担当者たちが仏間に祭壇や弔花や供物をしつらえて去って行った。寛宣がいなくなった代わりに、仏間だけ百合や菊の花盛りで賑やかになった。死はお祭りなのだった。

階下へ降りると、昨日、喪服を取りに戻ったときの痕跡がそのまま納戸に残っていた。洋服ダンスの戸は開けっ放しで、喪服のバッグをあちこち探してかき混ぜた引き出しも閉め忘れていた。

二階に戻ると、リビングはしんとしている。誰もいない無人の部屋。美土里以外に人間の声のない部屋部屋がある。この先ずっとこの無音の世界に住むのだと美土里は思った。

仏間へ行って窓を開けた。

夕方の海はまだ明るかった。遠く関門橋の赤いアーチが夕陽に映えて目に沁みるようだった。あの空へ亡くなった魂は飛び立つのだろうかと思う。海も空も昨日に続く現実の景色で、美土里にはそんなふうには見えない。見ることができないのだ。

書棚に飾った黒枠の遺影を見る。

ハンチング帽を被って車で出かける寛宣の姿だ。屈託のない元気な頃だ。あなたは今日もゴルフに行って何も考えることはないのか。日頃からよくそう思っていた。この不況時代に下請けの鉄鋼関連会社をやっていて、思い煩《わずら》うことはなかったのか。そこには美土里の知らない世界があっただろうと思うのだった。

死んだばかりの人間はまだなまなましい。取り付くしまがなかった。

美土里は日が暮れたら、寛宣の遺影相手に冷酒を飲む。

夜はいいと思うのだ。闇は死んだ人間を月のように、影深く浮かび上がらせてくれるから。

第二章

美土里が寛宣の服を整理しようと洋服ダンスを開けたとたん、棚の紙箱が崩れてドッと上から落ちてきた。

あっと眼を見張る。

それが一瞬、寛宣の頭に見えた。その頭が次から次へとコロコロコロコロ転がり落ちて、座敷中に広がっていく。美土里は鳥肌立った。しかし見直せば寛宣が集めていた気に入りの帽子ばかりだ。今の美土里には丸いものは西瓜でも何でも、寛宣の頭に見えて不思議はない。

美土里は少し涙ぐんで畳に座り込んだ。辺りの帽子を一つずつ拾う。中折れ帽に、鳥撃ち帽、夏場のストローハットに、ゴルフ帽。寛宣がかぶった愛用の帽子が畳に影を落としている。帽子の中には主《あるじ》の頭はすでになく、蟬の抜け殻と同じようにカラッポだ。

そんな帽子を一つずつ紙箱に入れていくと、整理魔で片付け魔の美土里も寛宣の帽子は捨てがたくて、義弟の倉田義弘に二つ三つ貰ってくれるよう頼むことにする。

帽子の趣味を寛宣に植え付けたのは美土里だった。

帽子をかぶると頭の天辺《てっぺん》が少しだけ高くなる。それで寛宣の背丈が伸びるわけでもなかったが、かぶり始めるとなかなか似合った。

日本人の男の顔は帽子が似合う骨格だとテーラーの店主が言っていた。顎の張った角顔で団子鼻、厚い唇の縄文顔が多いからだ。男の帽子は深くかぶるのが基本である。すると縄文顔の上半分が庇《ひさし》の下に隠れて翳《かげ》が深くなる。武骨な四角い顔に男の哀愁が滲むのだ。

アメリカにベン・シャーンという社会派の絵描きがいた。西洋の男はみんな帽子をかぶっている。彼の描くアメリカ西部の労働者たちはハンチング帽だ。それがよく似合った。働くばっかりで稼ぎの少ない平凡な男たちの哀感が、帽子の庇の翳に覗いた。男はベン・シャーンが描く彼らが最高だ。美土里はそう思い込んでいる。

美土里がまさかアメリカの労働者を好いているとは、寛宣も知らなかったろう。美土里が「いいわ、似合うわ」と褒めると喜んだ。それからいつの間にか帽子の収集癖が付いて、洋服ダンスの棚は帽子の箱だらけになった。

日が暮れると美土里は自分の晩酌の支度をする。

寛宣が残した日本酒の一升瓶を少しずつ空ける。切子の脚付きグラスに清酒を満たすと、寛宣の遺影の前に置いた。たった一人のセレモニーである。

遺影は仏壇の中でなく、明るい壁の造り付け書棚に飾った。仏壇には何も置かない。写真は葬式の前日に娘と一緒にアルバムから選び出した。昔、仲の良いゴルフ友達に撮られたときの上機嫌の表情だ。遺影に手を合わせて、

「おあがりなさい」

何だか犬に言っているみたいだ。寛宣の遺影の隣にはハスキーのルビィと、ラブラドールのユーリィの写真が小さな額に入って並んでいる。犬のメスは貰い手が少なく、どちらも義弟の倉田義弘に頼まれて引き取った。寛宣は、朝の出勤前、懐中電灯を点けて夜明け前に散歩に出た。人間一人と犬二匹、死んだもの同士のサロンである。

先日テレビで観た番組を美土里は思い出した。料理研究家の女性が亡き夫の写真に、彼の好きなお茶を供えて、

「飲む?」

と聞いたら、

「うん」

と写真から返事の声がしたと言う。それを涙ながらに話していた。可笑《おか》しな女性だと思

いながら美土里は聞いていた。泣きながら笑い出して、笑ったかと思うと泣くのである。夫に死なれていろいろと心が忙しいのだと思う。未亡人というのはあれやこれやと物思うことが多いのだろう。

そういえば未亡人という言葉を、最近あまり聞かなくなった。なぜか顰蹙《ひんしゅく》を買う言葉のようである。美土里は気になってiＰａｄを開いて調べてみる。語源は古代の中国で、夫が死んだ後、そのあとを追うこともせず、生き残っている妻のことを指すという。

中国で『兵馬俑《へいばよう》』の壮大な遺跡を見たが、あれは王の配下の兵士や馬や犬を土偶に変えたものらしい。昔は王が死ぬと、実際に家来や生き物たちが後追いさせられたのだ。しかしそれは権力者や王に限ってのことで、ただの男たち、夫たちが死んでも後追いはしないものだと思っていたが、それは違っていたようだ。ただの男たちには、後を追う家来も馬もいないので、代わりに妻が自死をする。だが『未亡人』と呼ばれる女性がいたということは、夫の死後も自死をせず生きていた妻がいたのではないか。

それとも夫亡き後の片付けをするために、もうしばらく生き残っていた妻を指すのか。だから未亡《いまだな》くならぬ人と呼ぶのか。亡くなることが前提の妻だけに与えられた呼び名だったのか。分からない。分からないが、昔そうやって妻たちはぞろぞろ後追いして死んで行ったのか。

死なねば当時の社会に入れて貰うことができなかったという。住む所も家も親族も失くしてしまうのだ。それでもついに死ねなかった妻もいたので、『未亡人』という言葉が残ったとも思える。とにかく、この言葉には主語がない。目的語がない。未だ死なない女たち……。

美土里はときどきフラッと死にたくなる。

今まで夫を『主語』とか『目的語』として考えたことはないが、四十数年も食事の世話などしていると、いつの間にか『主語』になったり『目的語』になったりすることもある。

美土里は坂の途中にあった布団の家の夫婦を想像する。現代では夫と妻のどちらでも『主語』になることができる。今は男性が病死した妻の後追い自殺をしたりもする。

夫と妻のつながりとは何だろう。

二杯目の酒をグラスに注いだとき、携帯電話が鳴り出した。

こんな夜に掛かる電話は懐かしい相手が多いものだ。耳に当てると本当に久しぶりの声だった。

「今晩は。美土里さん。その後いかがですか」

大分の山間に住む友達の山埜《やまの》くら子である。

「くら子さん。こちらこそ。一人で晩酌やってるところなの。お酒が飲めるってことは、何とか元気だって証拠かしら」

「それはよかったです」

と、くら子はホッとするような声だった。

彼女は元は博多に本社を持つ地方新聞の文化部記者だった。美土里はかつて市内の図書館に勤めていたことがあって、読書週間の取材などでくら子と親しくなった。

その後、彼女は大分の山に害獣駆除の取材に行って、罠猟の案内をした土地の監視員と恋に落ちた。くら子が彼と結婚して退職したときは、イタチの罠にはまったのはくら子だったと笑い話になった。

美土里が阿蘇《あそ》へ遊びに行ったおり、彼女の家に寄ると黒白まだらのポインター犬が二頭、尻尾を振って出迎えた。くら子の夫は県の鳥獣保護監視員や町会議員を勤めた後に、町長になって山里の町政に尽力した人で、去年、肝臓癌で亡くなった。美土里が山埜家の葬儀に参列すると、会場の隅に座っている犬たちの眼に、人間のみたいな涙が溜まっていた。

今年、寛宣の葬儀のときは、コロナ禍の斎場にくら子を招《よ》ぶことができず、美土里は電話で詫びたものだ。

「本当は美土里さんの所へ今すぐにでも行って、一晩も二晩も三晩もそばにいてあげたいの」

　とくら子は言う。

「去年わたしの夫が亡くなったとき、世の中の夫に死なれた女房はこんな辛さの中にいるのかと知りました。美土里さんが電話をかけてきてくれたあの時は、孤独地獄から引き上げられた気がしました」

　孤独地獄か、と美土里は思った。世の中にはいろんな地獄があるようだ。

「うちの地方の山ではね、そんな未亡人の女たちを守る習慣が昔からあるんですよ」

　とくら子はしゃべり始める。

「夫に死なれた後家が一人で暮らしている家には、村の女衆が泊まりに行ってやるんです。女といっても年寄り同士だけど」

　今まで聞いたことがない話だ。

「四十九日の間、ずっと交代で通うんです」

「それは今も続いているの？」

「ええ今もです。去年うちの主人が亡くなった後も、村の女衆が毎晩一人ずつ泊まりにきました。寝間着と風呂の道具を持って、息子や嫁の車に乗って夜道を通ってきてくれます」

街と違って山里は不便だから共同体の支え合いがいるのだろう。家と家は離れていても住人の心は結びついている。街の孤独と山里の孤独には別のものがあるようだ。

「未亡人には八十過ぎのババさんも、やっと六十過ぎたくらいのまだ若い後家さんもいますけど、一人暮らしの家なら齢《とし》に関係なく、夫の四十九日が明けるまで通い続けて寄り添うてやります。そして後家さんがだいぶ齢を取っていたり、体が悪いときには通う日にちを増やすこともよくあるんです」

美土里はふと思った。通う者の方はいいが、客を泊める家の方は長引くと疲れはしないだろうか。

「ただ後家さんの家は毎晩のことで、大変じゃないかしら」

「はい、それで気兼ねのない馴れた付き合いの者が行くんです。これには決まりがあって、泊める家は布団を出すだけ。夕食は自分の家で食べて行って、明くる日の朝御飯も食べずに帰ります」

それに、とくら子は付け加える。農繁期は忙しいので昔の田舎では村中が一つの家のようにまとまっていた。子どもたちが晩御飯を食べる家も日替わりで、毎朝、学校へ行く子どもたちに、「今日は何処の家で食べるように」と親が教えておいた。山里の集落ではよその家も自分の家もないという。今のくら子からは、結婚前の女性記者の面影は消えた。

夫の骨を埋めた墓に自分も後から入ると言う。

「美土里さん。夫婦はクセと言いまして、長年共に暮らして夫婦グセがついております。その薄皮が剝《は》がれるようにそろそろと剝《む》けていくんです。わたし、ときどき電話させて戴きますから。必ず日にち薬で元気が戻るものですから」

夫婦グセか。そうか、そうか、と美土里はその言葉を声に出さずに、口の中で転がした。夫婦になっていつの間にか馴れ合った。それで夫恋しい、肌恋しい。美土里は夫婦グセの重症だと思った。

くら子は今、この夏に未亡人になったばかりの家に通っていると言う。その家の夫は五十を過ぎたばかりだったので、未亡人も若いそうだ。

「後家さんに成り立てのほやほやで、声をかけるとたちまちグシャグシャに泣き出してしまいます。女ってこんなに可愛いものかと、私も一緒に泣いちゃって」

思い出したようで、くら子の声が震えた。

「後家さんの家に行くときは、おやつとかお茶菓子とかね、ガサガサ袋に入れて出かけるんですよ」

女同士なればこその心配りだ。

「待っている家は日が暮れるとカーテンを開けて庭を明るくするんです。山の闇の底からね、やがて車のライトがギラギラと生きものみたいに現れて近づいてくるんです。去年のわたしも車の灯りを見て思わず手を合わせて拝みました。ああ、ありがたい人の世だって」

その気持ちは美土里も手に取るように想像できる。

「でもね、可笑《おか》しいんですよ」

とくら子がつぶやいた。

「何が？」

「今度、わたしが後家さんの所へ行く身になるとね、闇の底から家の灯りが見えたとたん、わたしも思わず手を合わせてしまうんです」

美土里の眼にそれが見えるようだった。

「あの灯りの下にね、わたしを待ってくれる人間がいると思うと、こちらも拝みたくなるんです。どうしてか、わかりませんけど。わたしを車で送ってくれる息子が横でクスッと笑います。母さんはいつもいつもそうなんだって……」

くら子は現在、後を継いだ長男夫婦と三人の孫と暮らしている。ポインター犬の主人はくら子の亡夫から長男へ代替わりした。犬たちは黙々と若い主人に付き従って働いている。くら子は夫の形見の猟犬たちの世話をしながら、地元の婦人団体の役も務めている。

くら子は夫の死を乗り越えた。

「ポインターは嗅覚で獲物を見つけると、その場で立ち止まり片足を上げて主人に知らせる習性があります。ポイントを付けるんですよ。それが名前の由来です」

「……」

美土里もまた立ち直るポイントを付けねばならない。

「ではわたしはこれで失礼します。どうぞお大切に。美土里さん、おやすみなさい」

とくら子の声が流れた。

電話を切ると、リビングはまた人の声のない世界に戻る。

くら子の電話は掛かる前と、切れた後に直感のようなものがある。携帯に電話をかけてくるときは予感がある。最初は夜の家の玄関に佇《た》つ気配がする。そして電話が鳴る。終わりは電話が切れると、ひたひたとくら子の足が夜の山へ帰って行く。草を踏む気配が残る。


秋が深まるにつれ、窓の外の空がぐんと高くなった。

美土里はまだ寛宣の遺骨を遺影とともに書棚に置いていた。虫が這《は》っていたりする湿気の多い墓地には埋める気がしないのだ。仏間には実家から譲り受けた黒檀の仏壇が据えてあるが、故人の遺骨や遺影は仏壇に納めるものではないらしい。骨は墓に、遺影は部屋の欄間《らんま》にと昔は定めの場所があったものだ。

寛宣の遺影と骨箱は部屋の壁の焼杉の書棚に、左右を二匹の犬に守られるように安置されている。亡くなった祖母が、犬は遠い昔から冥土の道案内をするのだとよく言っていた。生きていたときは寛宣が彼らを連れて毎朝、散歩に出ていたが、今は反対に犬たちが寛宣を冥土に連れて行ったことになる。

彼の遺骨をどうするか。

美土里は気が付けばそのことを考えている。

最初は誰しも身内の者の死には馴れない。今まで暮らしていた者が一人減ったという具合にはいかないのだ。死ぬと本当に人はいなくなるものか。死んだらゼロになる、と簡単には思えない。

この世を去ってもういなくなったようだが、やはり見えないけれど家の中にはまだいるような感じがあった。朝起きると御仏飯《おぶっぱん》と水を仏壇に供える。ということは、一応いることにしているのだ。これはこの世の決まり事かもしれない。死んだけれども、かたちを変えてまだいるということ……。

そして夕刻。

鉄骨二階建ての家は一人暮らしには広すぎた。一階部分の一間は母親が開いていた本屋を店仕舞いするとき、美土里が引き取った大量の本の置き場になっている。たまに本を探しにそこへ入るが、本を読む気持ちにならない。

どこまでも区切りのない空白の時間を耐えている。死んだ者は戻ってくることはない。耐えるだけでなくこの空白に、日常というものの時間を注いで人間らしい区切りを入れて充実させねばならない。それが普通の人間の暮らしというものだと思う。

リビングの窓から夕暮れの海を眺めた。

コンテナを積み上げた外国籍の貨物船が、次々と航跡を曳いて港に入ってくる。港に出入りする船と、むくむくと空に湧き起こる雲によって、夕方の海は賑やかだった。海は巨大な雲の製造機だ。

窓一杯に溶けかかったアポロンの顔みたいな綿雲や、崩れた象の行列が行くような雲。白亜のアテネの神殿の屋根が消えかけた雲。人間の様々な出来損ないの想念を浮かべたかのような雲の群れが、夕風に乗って西へ西へと流れて行く。雲が意志を持っているような空である。

死んだ人間の魂は何処へ行くのだろうかと思う。

夕陽がギラギラ光る西の空を眺めた。雲も混雑していて、暮れ方の空と寛宣の死はつながらない。ここの空と寛宣の死はまるで次元が違うのだった。

十月に入って間もなくのことだ。

寛宣の入院していたリハビリ病院から一通の手紙がきた。忘れ物を取りにこいという通知状だ。

八月末の急変でR総合病院へ戻ったとき、洗い替えの肌着を二組置き忘れていたという。至急、引き取りにくるようにと催促されていた。コロナ禍の対応で看護師も忙しく、そのままになっていたようだ。病院が忘れたのか、家族が忘れたのか、どっちにしろ肌着二組が残っている。できれば今週中に取りにきてほしい旨を記してあった。

肌着はすでに不用品だが受け取ってこちらで処分する。娘婿の亮が寛宣のパジャマを着てくれている。肌着も亮に貰ってもらうことにして美土里は出かけた。

通い慣れたリハビリ病院に入り、無人の玄関脇のホールで体温測定をすませてロビーへ行った。コロナ禍はだいぶ落ち着いたが、まだ辺りはガランとしたままだ。

受付の窓口にただ一人、ほっそりした女性が立っていた。

美土里よりひと廻りほど若く見えて六十代くらいか。何となく彼女の後ろに並んだ。受付係との話は筒抜けである。

「わたしはトキザネトシハルの妻です。退院のときの忘れ物を受け取りにきました」

美土里と同じ用件できたようだ。話の様子では彼女の夫も入院後に容体が急変して亡くなった。コロナ禍で看護師の手が足りない上に、急な転院の搬送準備である。家族の手伝いは頼めないから、病人の所持品の確認に手違いが起きても無理はない。窓口係の女性が後ろの美土里に気付いた。

「おたくも忘れ物の受け取りですか」

「はい。倉田寛宣の家内です」

持ってきた病院の通知状を差し出した。受け取り書を貰って、患者の氏名、住所、退院の日時を書くことになる。二人並んでボールペンを握った。トキザネトシハル氏の妻が係に尋ねる。

「あのう、持ち主の夫は亡くなったのですが、彼の名前は必要ですか」

同じ境遇なので美土里も横で聞く。

「それでは受取人の奥さんのお名前を書いてください」

美土里もその指示通りに書いた。

並べて差し出すとき、彼女の紙を見ると、妻、時実美子《ときざねよしこ》と書かれていた。女性らしい細く滑らかな筆蹟だ。時実美子も美土里の書いた紙を見た。寛宣が亡くなったのは今年九月四日で、時実美子の夫は八月二十日の死である。

つまり美子のほうが先輩ということ。それで了解。どちらからともなく二人は会釈した。係の女性が引っ込んで、すぐビニール袋を二つ提げてきた。中味をあらためるまでもない、美土里が寛宣の肌着を入れて持ってきた袋だ。

忘れ物を受け取ると一緒にリハビリ病院を出た。

横断歩道で時実美子が立ち止まると病院を振り返った。思い出があるのだろう。美土里は振り返らなかった。そのまま早足で歩いて渡った。

「ちょっとお茶でもしませんか。ここからそう遠くない所で喫茶店をやっておりますの」

横断歩道を渡り切ったとき、時実美子に誘われた。美土里は誘いを受けて彼女の車に同乗した。

リハビリ病院の駐車場を出てしばらく走ると、『時知らず』という変わった名前の喫茶店があった。そこが彼女のやっている店だった。窓の広い明るい店内に客はひと組だけ。あとはカラーンと空席である。

コロナの猛威でどこの店内も同じだった。

「ママ、お帰りなさい」

と若い女店員がカウンターから声をかけた。

「コーヒーもいいですが、紅茶もホッとしますよ。薔薇の花びらを入れると気持ちが休まります」

と、美子が言う。

「ありがとう。それをお願いします」

淡い薔薇の香りのする紅茶だった。

「ご主人もまだお若かったんですね」

と美土里がまず聞いた。

「ええ、でもわたしより十歳上でしたのよ」

だが寛宣より若いことに変わりはなかった。時実美子の方が美土里よりもずいぶん早く夫を失った。言葉少なにお悔やみを言うと、

「こちらこそご挨拶が遅れまして」

と美子も悔やみの言葉を返してくれる。そして顔を上げて窓の外の通りを指さすと、

「あの斜向《はすむ》かいのシャッターが閉まっている所で、わたしの夫は生前、時計屋を開いていたんですよ」

と言う。なるほどそのシャッターが降りた軒下に、『時実時計店』という看板が残っている。

美土里はそれを見ると、ふと美子に尋ねた。

「こちらのお店の名前は、どなたが付けられたんですか」

美子は笑いながら自分の顔を指す。

「ふふ、『時知らず』ですか？　変でしょう。でもわたしは天邪鬼《あまのじゃく》で、何でも反対が好きなんです」

生前に会うことのなかった時実氏の影が浮かんでくる。無口な職人だったと美子は言う。美土里は腕時計の中が小さい内臓のように思える。入り組んだ合金の内臓が精緻《せいち》に組み込まれている。あんなものを相手に仕事する男とは、どう付き合えばいいのかと思う。

「店の女の子がね、ママ、淋しいでしょう、と言ってくれますが、夫は一日にひと言かふた言しか物を言わない人でしたから、夜、隣のカラのベッドを見て、ああ、やっぱりいなくなったんだと……。あらためて思うときがあります」

美子は振り返るように言う。

そういえば時計も静かな機械だといえる。音を立てない。時実氏も美子もそんなところは似ている気がした。

「今思うと」

と美子はつぶやいた。

「夫というのは妻の話を聞きませんね」

そういえばそうだ、と美土里もうなずく。

「でもその点、妻は夫の話をわりと聞きますね」

ああそうだと美土里は自分を振り返って思った。

「夫はただ聞いてないフリをしているのかもしれませんが、もとから妻の気持ちは男には理解できっこないでしょうね」

と、美子は冷めたようなことを語る。会話の少ない夫と妻の暮らしが覗き見えてくるようでもある。

「家の中にぽつんと離れ小島がね、浮かんでいるような人でした」

その言い方が面白くて美土里は笑った。島か……。男の島が家の中に浮かんでいる。想像を絶する光景というしかない。家の中の海を美子はジャブジャブ泳いで、行ったり来たりして暮らしている。美子は夫の島の横に寝て、朝はその島の横で起きる。美子が濡れた黒髪の海女《あま》のように見えてきた。

「そういえば東シナ海に男女群島というのがありますね。よく台風が通過して有名な」

美土里は思い出した。

「そうですか」

「ええ、男島と女島があって、天地開闢《かいびゃく》のときイザナミが淡路島など大きな島の後に産んだという小島です」

そんなことを美土里が話していると美子はうなずいて、

「美土里さんはいろんなことをご存じなんですね」

「ふふ、ただおしゃべりなだけなんです」

時実利春《としはる》氏は脳梗塞で倒れたそうである。一命を取り留めると、足はともかくとして、時計職人の命である手の指だけは完治させたいと、リハビリ病院に入った。

「病院が近くて良かったですね」

美子もこの店があったので忙しかったはず。夫たちが入った病院は県内でも有名なリハビリの施設だ。

「ええ、毎日わたしは夫の小島にボートを漕いで、着替えや何やら運んだんです」

美子が両手を伸ばしてオールを漕ぐ手付きをした。

それを見て美土里は久しぶりにハハハハと笑った。しかしすぐ元の顔に戻った。そんな美子の男島は今年の夏に、海の底深く沈んでいったのだった。


次の日の夜である。

くら子かな、と思ってふと耳を澄ました。家の中が静か過ぎて、最近の美土里は電話の着信音より先に気配を受け取る。携帯が鳴り始めた。

美土里が手に取ると、パソコン教室仲間の山城教子《やましろきょうこ》からだった。まずい、と思う。葬儀に列席して貰ったのに香典返しを送っただけで、まだ電話一本も掛けていない。

「今晩は。美土里さん、どうしていらっしゃいますか」

電話の向こうで教子が覗き込んでいる気配がある。

「泣いているんですか……」

相手がそっと聞いた。

美土里はクスリと笑って返事をした。

「毎日泣いてる……」

と、言ううちに声が震えてしまう。

「美土里さん。泣くのはよしてカレンダーを見てください」

と教子の気合の入った声がする。

「明日は十月の第一日曜で教室です。次の第四日曜はご主人様の四十九日でしょう？　そこまでお休みされるとすると、そろそろ通算三か月の欠席です。みんな会いたがっていますよ」

パソコン教室は区民館で月二回開かれている。寛宣の容体が悪くなった八月から欠席していたので、教子のいう通りだ。

山城教子は元は教室の仲間で、前任の講師が引っ越していなくなった後、みんなの意向で教子が持ち上がりの責任者となった。区民館で使う印刷物の作成なども引き受けて腕はプロ級だ。

「来月のボランティアの『おはなし会』は美土里さんの担当ですよ」

美土里はハッとなった。パソコン教室は自由に休めるが、『おはなし会』は月々の担当者が決まっている。美土里は区民館で子どものためのボランティア講座をやっているのである。美土里は返事に窮した。

「明日の教室はお迎えにあがります。そのままになっている『おはなし会』のことは、事務室と話し合ってくださいね」

こうなったら逃げられない。


翌日の昼、十二時半に玄関のチャイムが鳴った。

二階から見おろすと塀の外に軽の赤いワゴンが停まっている。山城教子の車だった。ワゴンの後部にはベニヤ板が五、六枚斜めに立てて積んである。いつも通りの積み荷だ。それとアルミの高い脚立《きゃたつ》に、柄の長い箒《ほうき》も突っこんである。

区民館の駐車場で初めて教子を見たとき、男の大工職人かと見間違えた。教子は中学校の美術教師をしていたが、十年ほど前に母親が難病で倒れて、看護のために学校を退職した。まだ三十代半ばだったろうか。その母親が亡くなった後、家でウェブデザインの仕事をやりながら、一方で油絵を描き続けている。車に積んだアルミの脚立や箒は個展や展覧会の設営道具なのだった。

教子の絵は大作が多くて、ベニヤ板を何枚も繋いでカンバスにする。油絵具は乾きにくい。教子の下宿先は浄厳寺《じょうげんじ》というお寺で、裏庭には大作が何枚も干せる場所があった。寺は幼稚園を経営していて、教子の絵の最初の鑑賞者は園児たちだ。

「美土里さんがお休みしてる間に、近くの私大の学生が二人と、おばあさんが一人、入りました」

と教子が言う。

ワゴン車は坂を降りて、門司駅の前から門司港駅の方角へ海沿いを走って行く。一時に始まる教室に頃合いの時間だ。

「おばあさんが入ったの？」

「俳句をなさる方です。来年、句集を出したいそうで、パソコンで自分のデータを作りたいと仰るの」

俳句を打つのは簡単だ。白紙の頁に俳句を四、五行並べただけで一頁できあがる。十七音の言葉の列が並んでいるだけだ。そもそも一冊に何十句入るのだろうか。文字数の多い短歌でもやはり実数は少ないのだ。

「お齢は八十六歳とか聞いたけど、しっかりされてますよ」

美土里は俳句を作ったことはないが、母親が結社に入っていて、店のレジに座ると暇に任せて句を作っていた。

区民館の駐車場に着いた。

美土里はまず事務室に行って、事務室からの香典のお礼をのべた。返礼のコーヒーセットはすでに郵送ずみだ。

二階のパソコン教室に入ると、出席者は十二人だった。

敬老会の老人グループ、団地の中高年の主婦グループに、近くの私大の学生たちなど。年齢、職業、顔ぶれもまちまちで、ここは正確にいえば教室ではない。パソコンつながりで集まったグループが何組も、ひとつの部屋を共同で使っている。

もとは教室だったものが、今は小学生でもパソコンを自由に使うようになって、講師もなし、したがって授業料もなしの広場のようなものである。老人グループは会報を、主婦グループはエッセイ集を作っているという具合。つまり山城教子はパソコン指導も兼ねた責任者のようなものだ。

美土里が見まわすと、奥の机にいる和服の高齢の女性の姿が眼に入った。俳句のお年寄りに違いない。頭の毛は総白髪で細い金縁眼鏡をかけている。授業が始まると、まず教子は彼女のそばに行ってタイピングのやり方を教えた。

痩せて皺《しわ》寄った年寄りの指がポツリポツリと動く。教子が別の受講生の机に移って行くと、お年寄りは溜息をついた。

ああできない、とその口がつぶやいているようだ。

美土里は彼女と眼が合って、

「そのうち、すぐ打てるようになりますよ」

と言うようにうなずいてやった。

休憩時間になると、新入りの老女を教子が連れてきた。

「こちらはお休みしていた倉田美土里さんです。何でも打てる方ですから、いろいろ相談なさるといいですよ」

と美土里を紹介した。次に老女の背に手を添えて、

「この方はじゅうとりたつこさんと仰るの。俳句をやっておられて、ご自分の句集を作る

ためにいってこられました。どうぞよろしくね」

じゅうとり……。聞き慣れない苗字である。すると本人がそっと美土里の前に立ち上がると、

「あのう、じゅうとりは十羽の鳥と書きます……。たつこは干支の辰年の辰でございます。何だか生き物をぞろぞろと引き連れたような騒々しい名前ですが、どうぞよろしくお導きくださいませ」

向こうで学生たちがクスクス笑っていた。年寄りに珍しく言葉がすらすらと滑らかに出てくる。俳句の句会などで物を言い慣れているようだ。作句もなかなかうまいのではないか、と美土里は思った。

休憩を入れて三時間の教室が終わる。その間、教子は一人一人の机をまわって歩いた。帰り支度をしている美土里のそばに十鳥辰子《じゅうとりたつこ》がいそいそとやってきた。

「あたくし、今までパソコン学校に幾つか行ってみましたの。ですが習いたい肝心のことはなかなか教わることができませんでした。プログラミングとか、そんなものばかりです。ここで初めて打ち方から習い始めたところです」

と嬉しそうに言う。

「十鳥さんは何が習いたいのですか」

美土里が尋ねる。

「縦に文字を打つことです」

「縦に?」

「あたくしは俳句を作ります。自分の俳句集の原稿を打ちたいと思います。縦書きの打ち方はだいぶできるようになりましたが、漢字の変換がグシャグシャでして」

それは大丈夫だ。横に付いて手を取って教えれば、やがて手が覚える。

「わたしがお教えしますよ」

声を細めてささやくと、年寄りの眼が見開いて美土里を見つめる。嬉しそうにその眼がなごんだ。

「一時間も付いてると自然にできるようになります」

帰り支度をした教子がそばにやってきた。

「美土里さん。事務室に用事があるので、少し待っていてくださらない?」

「どこで」

と美土里が聞きかけると、横から辰子が言った。

「駐車場のあたくしの車の中はいかがです?」

そして辰子の指がキーを打つ真似をする。待っている間にパソコンの練習をしたいようだった。

「そうですね、では駐車場の方へ」

美土里は辰子と一緒に裏口にまわった。

辰子の車はトヨタのセダンの新車だった。もとは彼女の夫の車だったが発病して入院したので、ついに一度も乗らなかったと言う。

「去年の夏、八十八歳で亡くなりました。それであたくし、亡夫のための句集を作ろうと思い立って」

辰子はそう言いながら、バッグからノートパソコンを取り出した。それも夫の形見だと言う。辰子は車の免許はすでに持っていたが、パソコンは開け方も知らなかったそうだ。

二人は車の後部座席に乗り込んで横並びに座った。辰子がノートパソコンを開くと、美土里はWORDの書式を出した。文字を見やすいようにぐんと拡大してやった。

「まあ！　よく読めます」

辰子がパソコンを膝に小躍《こおど》りした。美土里はそのキーボードに自分の両手を伸ばして、

「では初めにわたしが打って見せます」

と、言った。辰子がうなずく。

「辰子さんはわたしの手の動きを見ながら、御自分の俳句をゆっくりと声に出して仰って

ください」

辰子はちょっと口をつぐんで思案した。それから一つの句を詠み上げて説明を加えた。

「ばんりょくの、なかに、ぼうふをおさめけり……」

美土里は打ち始める。傍らで辰子が漢字変換の説明をした。

「ばんりょくは、万の緑と書いて夏の季語です。おさめけりのおさめるは漢字で、納品の納の字です」

万緑の中に亡夫を納めけり

美土里は打ちながら変換してみせる。

辰子の夫がどんな人物なのかは知らないが、湧くような夏草と樹木の繁みの底に透き通った人形《ひとがた》が沈められていく。

「いいですね」

と美土里はつぶやいた。情景が眼に見えるような句だと思う。

「ではもう一つどうぞ」

次をすすめると、辰子はまたしばし思案して、

「わがつまのきえしふしぎやせみしぐれ……」

美土里は指を動かした。

「夫のことをここではつまと呼び、漢字で夫と打ちます。きえしと、ふしぎと、せみしぐれは、漢字でよろしく」

美土里の指が変換してみせる。そのとき説明を加えた。

「消えしを打つとき、言葉のまま打つと、おかしな漢字変換が出るときがあります。ほら、こんな具合に」

きえしが、帰依し、となる。

「あらあら」

と辰子がつぶやいて自分で打ち直した。

教子が駐車場に入ってくる姿が見えた。辰子は気が付いてパソコンの電源を切ると、運転席に移った。教子がこちらに手を上げて合図する。それから自分のワゴンに乗り込んだ。

教子は美土里から後で時実美子の店へ行くことを聞かされている。

「その先に美味しいコーヒーの店があるのよ」

美土里が指さして辰子に道順を教える。

喫茶店『時知らず』は門司の商店街から五、六分走った場所にあった。

小倉のリハビリ病院へ亡くなった夫の忘れ物を取りに行った縁で、美土里はあれから何度か美子の『時知らず』へ寄った。美子が三人分のおしぼりを運んできた。美土里は山城教子と十鳥辰子を紹介した。

コーヒーがくるまでに、また辰子はパソコンを開いた。そばで美土里が二人に言う。

「さっき駐車場で少し練習したのよ。辰子さん、さっきの句をもう一度、教子さんに打ってみせたら」

辰子は子どものようにうなずくと、無言で打ち始める。

万緑の中に亡夫を納めけり

わが夫の消えし不思議や蟬時雨

美子もボックス席に座って首を伸ばして眺めた。

「この句は?」

と不思議そうに美土里に聞いた。俳句だけでは意味がわかりにくい。

「こちらの十鳥辰子さんはね、ご主人を去年の夏に亡くされたの。そのときの句ですよ」

と美土里が説明した。

「それで哀悼の句集を作るため、わたしたちのパソコン教室に入ってこられたの」

「とくに哀悼、というわけでもございませんが」

と辰子が恥ずかしそうに言う。

すると美子は最初の句を指して、

「とてもいいですね。わたし好きです。夏山という大きな柩に、ご主人の亡骸《なきがら》が葬られるのですね。真夏の光る空と、緑濃い山と、白い柩が眼に見えるようです」

と感極まったようにパソコンに見入る。

「昨年の八月のことでしたの」

と辰子もしんみりと打ち明けた。

「ああ、わたしたちの夫は今年の夏でした」

と美子。

「ええ、リハビリ病院で懸命にトレーニングしてたのにね」

美子と美土里がうなずき合うと、辰子がふと皺寄った顔に微笑みを浮かべて、

「未亡人が三人揃いましたね……」

三人で互いの顔を見合わせた。

そうだ、未亡人の三人組だ。年長は辰子で、次が美土里、一番年下が美子である。年齢も生活もそれぞれ違うが、夫が死んで独りになった身の上は共通である。つまり昔の中国でいえば、死んだ夫の後を追わなかった妻たちだ。

「未亡人会の成立ですね」

辰子がくすぐったそうに笑った。

夫が死んだ後も死なない三人がここに揃った。美土里はコーヒーを啜《すす》りながら思う。これからどう生きてゆき何をするのだろう。そもそも未亡人ほどカラッポの言葉もない。『未』と『亡』をいくら足してもゼロのままだ。未亡人は顔なしである。

「でも未亡人という言葉、字面《じづら》には哀愁がありますね」

と美子がつぶやいた。

「美子さんの夫の離れ小島だって、哀愁が深いわ」

と美土里が言ったので、美子は思い出すように声を出して笑った。

「ねえ、二人で何の話をなさってるんです?」

教子が尋ねる。美土里は聞こえないふりをして話を進めた。

「では、十鳥辰子さん。もう一句、皆さんの前で打ってみましょうか」

辰子はうなずいて、声に出しながら打っていくと、さっきより指の動きが滑らかになっている。

夫在《つまあ》れば帰る時刻なりパナマ帽

「ああ、これもいいですねえ。辰子さん」

美子が声に出した。辰子の俳句のファンになったようだ。

夏の夕方、パナマ帽をかぶった男が帰ってくる。帽子の廂《ひさし》の翳《かげ》に覗く辰子の夫の顔。辰子にとって夫が生きていたことは、ただのあるではないのだった。まさに存在の『在る』なのだ。そして、それは縦書きでなくてはならなかった。

すると辰子が美土里の顔を見て言った。

「倉田さんも一句いかがです。あたくしに打たせてくださいさい」

美土里はふと黙った。これまで俳句など作ったことがない。母親が好きで集めた句集を読んだ程度である。

辰子はキーボードの前で待っていた。

パナマ帽か……と美土里は思案を巡らせる。寛宣の夏の帽子が懐かしい。唯一、彼に似合わなかった山遊びの帽子がなぜか浮かんできた。少し楽しくなってくる。字数の少ないぶん俳句はまとまりやすいのかもしれなかった。

わ、が、つ、ま、は、と左手の指を折ってみた。そのあとは行き当たりばったりに声に出していく。

「わが夫はカウボーイハットなり……」

で、少し考え、

「醜男《ぶおとこ》なり」

でプツンと止めた。

醜男の漢字を辰子は変換できたろうか。彼女の手元を見るとそばで美子が指を添えて教えていた。

「打てました」

と辰子が晴れ晴れとした顔を上げた。

わが夫《つま》はカウボーイハットなり醜男なり

ちゃんと打っていた。

どうやら自分の句は俳句より川柳みたいだと美土里は思った。

第三章

十月下旬に、寛宣の四十九日忌を山手《やまて》の料亭でおこなった。倉田家は昔に瀬戸内から出て来たままで檀那寺《だんなでら》を持たない。寛宣の遺影を料亭の座敷の床の間に飾ると、この地方の法事の形がそれなりにできた。生まれ故郷を出奔した元地方出身者たちが築いた製鉄の街である。

義弟の倉田義弘夫婦と、娘の佐衣子夫婦に、美土里。五人だけの小さい仏事である。コロナ対応でひと間にひと組の客が原則、人数制限は六人以内だった。

澄んだ秋空に四十九日の忌明けが似合っていた。

昔は結婚式の祝い事などにも使われたこの店の座敷が、今は古くなって仏事専門に変わっていた。廊下を挟んだ両側の座敷も五、六人の喪服の客ばかりだ。二部屋借り切った大人数の仏事が夢のように、邸内は静まり返っている。

美土里は箱に入れた二つの中折れ帽を、義弘に形見分けと称して渡した。温和な義弘はなのだった。
美土里の手から押し戴いたが、まずかぶることはないだろう。兄と違って素朴な性質の男
倉田義弘も市川亮も酒はあまり飲まない。ただ寛宣だけがよく飲んだ。その当人がいな
いので静かな法事の膳だった。
帰り道、山伝《やまづた》いの都市高速道路を走ると、車窓から手の届きそうな近さに皿倉山《さらくらやま》のケー
ブルカーが見えた。山裾が長いため市内の大抵の場所から山頂駅が望めた。二台のケーブ
ルカーがとろとろと、眠たいようなのろさで山腹の中ほどで交差した線路を昇降している。
美土里は結婚する前に、寛宣とそのケーブルカーに乗って山頂駅へ上がったのを思い出
した。ケーブルカーの時刻表を調べておけば、小倉の街から車で十分ほどで麓の駅に着く。
寛宣から皿倉山に登らないかと誘われた。
六歳年上の寛宣は地元の製鉄会社の設計技師で、美土里の母親の本屋によく来ていた。
どちらかといえば立ち見の客だ。昔の本屋は奥に古本を置いている店があって、寛宣は
暖簾《のれん》をくぐったそっちの棚で、高価な『工学便覧』などを立ち読みした。美土里は母親の
言い付けで、そんな寛宣に冷えたラムネを持って行ってやったりした。
「あの若者は先が楽しみだね」
母親は真面目な寛宣が気に入っていた。どこか鉄鋼マンの美土里の父親と雰囲気が似て

いる。

「今度の日曜に皿倉山に登ってみんか？」

寛宣に誘われた美土里は日曜の朝、母親に口実を付けて店を休んだ。

長方形の箱が斜めにひしゃげた形のケーブルカーで、麓の駅から山頂駅へとろとろと登った。到着のベルが山肌を覆った杉林と空一杯に鳴り響いた。天辺の展望台から北九州工業地帯と彼方の響灘《ひびきなだ》が見渡せる。北東の方角に寛宣が通勤する製鉄所の海洋センターがあった。

美土里はその海浜の、遠目に映った機構を思い出す。

寛宣は双眼鏡を美土里に持たせてこう言った。

「見てみろ。あの岸壁に二つの大きな長い影があるだろう。ほら、恐竜みたいな首を伸ばしてるやつ」

男にしては寛宣は小柄な体軀だ。そのくせいつも横柄な物の言い方をする。双眼鏡のまばゆいレンズの筒に、その恐竜みたいなのが首を突き立てていた。山頂からだいぶ離れた港のそんなものが見えるのだから、近寄れば長大な鉄の首が空中高く伸びていただろう。

「海洋センターはあそこでな、アラスカの原油積み出し港に据える三千トンのでっかい桟《さん》橋《ばし》を造っているんだ」

寛宣の胸が躍るような声を覚えている。

「お義父さんの若い日の夢があそこにあったんだなァ」

と亮が車のハンドル越しにそっちを見た。

「その恐竜の首みたいなのは、『寄隆《きりゅう》』っていう、当時で日本最大級のクレーン船だったのよ。長い鉄の首の下は船になっていて、高さは五十階建てのビルくらいだって」

「へぇー、五十階建て……」

「ちょっと想像つかないでしょ。それと同じクラスの『武蔵』っていうクレーン船もいて、両方から三千トンの長ーい鉄の桟橋を吊り上げるの。それを沖で待ってるバージ船に積み込むんだって」

話しながら美土里はその頃のことが、アルバムを開くように蘇ってきた。山頂の風に寛宣の前髪が揺れていた。その彼の姿が今、ここにはない。山の下の街にもいない。どこにもいない姿なき人になっている。

人間一人いなくなるのはこんなに簡単なことなのだ。

その頃、海洋センターでは桟橋の設計よりも、完成した桟橋を二基のクレーンでぶじに吊り上げられるか、その方に頭を痛めていた感じがする。美土里が聞いて呆気《あっけ》にとられたのはその大きさだった。

三つに分かれた栈橋の最大部は真ん中の橋梁《きょうりょう》で、実寸は東京の霞《かすみ》が関《せき》ビルを縦半分に切って横に寝かせたほどだという。ただ鉄の柱によるスカスカの構造物だから、総重量は三千トンで済むらしい。

「本物の霞が関ビルだったら何百倍かな！」

と亮がのどかな声で言う。今は昔の話である。

「それでも当時のコンピュータには、三千トンの重量が入らなかったの……」

「小さいコンピュータだったの？」

「ううん、当時としてはとても大きいのよ。倉庫みたいなコンピュータだったの。箱じゃなくて建物ね。そんなにでかいのに、入らなかった」

今ならそこらのパソコンでもやれる計算だという。だが当時はとにかく容量が大き過ぎて、入らない、入らないとセンター中が唸《うな》っていた。

「結局、どうやって計算したんです」

と亮。

「何だかね、二台のコンピュータに分割して入れて、それでやっと計算できたって……」

「吊り上がるって、結果が出たんですか」

「まあね。そうみたい……」

毎晩、喫茶店で落ち合って寛宣はビールを飲みながら桟橋の話をする。そうやって飲まないと眠れなかったらしい。美土里は相手をした後、ほろ酔い気分の寛宣を車に乗せてアパートに送って行った。

「計算を二つに分けるって、そんなことで大丈夫なんですか。違ってたら霞が関ビルの墜落ですよ」

聞くだけでゾッとする。美土里には言われても答えようがない。そんなことが全然理解できない点では、美土里も亮も同じだった。亮は職場では経理担当だ。寛宣の構造物設計とは職種が違う。亮が毎日、帳簿上の累々《るいるい》とした金額を計算しているなら、美土里の頭に浮かぶ寛宣は何だか、爆弾を一つ今にも地上にぶち落としかねない人間みたいだ。

「ええっ、何で爆弾なの?」

と佐衣子が振り向いた。

「だってよくパールハーバー、パールハーバーって言っていたわ。桟橋がスイサイセンに落ちたら、パールハーバーの日本版だ!　って」

「スイサイセンって」

「海洋センターの長い水際線のことよ。そこでクレーン船に吊り上げるの。二台のコンピュータで継ぎはぎ計算した桟橋を吊るすのよ。計算が外れて水際線に落ちたらどうなるの。

もう大惨事。縦半分の霞が関ビルが落っこちる！」

山手を走る都市高速は、フロントガラスに次々とカーブが飛んでくる。亮はそこをすいすいとハンドルを切りながら、

「ほんとだ。パールハーバーの二の舞だ」

「真珠湾はハワイでしょう」

と佐衣子。亮は正面を見つめたままつぶやく。

「やったものはやり返される。今度はこっちが自爆する番だよな。八幡製鐵の真上で破裂する」

美土里は今も眼に浮かぶ皿倉山の天辺で、空と海の狭間《はざま》に立って一つの誓いをしたことを覚えている。

「おれと結婚するか？　おれの子どもを産むか？」

海を見おろしながら寛宣が言った。だいたい彼は体は小柄だが、口だけは偉そうに言う癖がある。

海洋センターの仕事は成功した。

栈橋は『寄隆』と『武蔵』という二基のクレーン船にぶじ吊り上げられて、沖に待つバージ船に積み替えられアラスカに向けて出発した。寛宣はそれを機に仲間たちと会社を退

職した。自分たちで会社を作ったのだ。むろん小さな設計会社だ。仲間の機械設計技師が十数人集まって、八幡製鐵傘下の設計専門の株式会社を立ち上げた。

「おれの生き方を見てろよ、面白いから」

と寛宣はうそぶいた。

戦後の日本経済を北九州の鉄鋼界が支えてきたと、寛宣だけでなく八幡の男たちは誰もが自負していた。

だが、アラスカ油田の開発は今後百年、アメリカは石油に不自由しないと踏んだ一大プロジェクトのはずだったにもかかわらず、掘り進めるうち、大国のエネルギーを支えるほどの量でないことが知れた。石油の質もそれほどではなかった。

やがて第一次オイルショックが襲ってくると、寛宣たちの会社は窮地に立たされた。誰が悪いのでもない。日本の鉄鋼業界は急速に傾いて行った。


高速を降りると八幡のスーパーで買い物をして、家に帰り着いた。坂の町に闇が降りていた。美土里は裏口で車から降りると佐衣子夫婦を見送った。それから車庫の電動シャッターを開けて中へ入った。車庫を使う回数が減ってシャッターは軋《きし》みながら上がる。寛宣の車はなくなったが、美土里は点検のためときどき車庫に入った。

シャッターが上がり切ったとき、久しぶりに庫内にパッと強烈なライトが点いて、美土里は一瞬、眼が眩《くら》んだ。自動点灯の装置で昼間は反応しない。空っぽの庫内に煌々《こうこう》と照りつけるライトは火が燃えるようだった。

そのとき、以前に聞いた女友達の話を不意に思い出した。四十九日の夜、亡くなった夫の姿を車庫で見たというのだ。美土里は射すくめられるように立ちすくんだ。

見たい、と美土里は思った。

庫内はどんな物影も見逃さないほど、沸き立つような光に照らし出されていた。ゆっくりと振り返って、ぐるりと辺りを見まわしてみる。けれどそこにいるのは美土里一人だけだった。その他にはどんな物の影も浮かんでいない。

ただ降り注ぐ光、光、光、光、光を浴びて、美土里は立っていた。すると胸に一つの思いがパッと浮かんできたのだった。あの人はここにいる……。

そう思った。そう感じてしまったのだ。

人間が一人それほど簡単に消えてしまえるものか。骨太い男の体ならなおさら。いや、女でもいい。人間は焼いても燃やしても簡単には消えない。寛宣はここにいる。姿は見えないが、今は光の津波となって美土里の体を包み込んでいる。

熱い。燃えるように熱い。

美土里はそのとき友達の話を信じた。

それから数日後の夜のことだ。

教子のはずんだ声が携帯電話から流れてきた。

美土里がまだ何も返事しないうちから、教子は何が面白いのかクスクス笑っている。

「こないだから、うちの園の子どもたちが、団子虫のお経を作るって言い出したんですよ」

浄厳寺は寺の敷地に幼稚園を設けていた。子どもたちは三年、二年、一年保育に分かれて七十人ほどいるようだ。

だが団子虫のお経とは何のことだろう。

もともと美土里は虫が苦手だ。団子虫は全身ギザギザが入って伸び縮みする体で、目も口もどこについているか分からない虫。そのくせ妙にメカっぽくて気持ちが悪い。けれど教子は楽しそうにしゃべる。

「今どきの小さい女の子は虫嫌いも多いんですが、団子虫だけは好かれているんですよ。女の子にも男の子にも可愛がられます」

「どうして可愛いがるの？」

「掌《てのひら》に載せると、子どもたちの思い通りコロコロッてまるまってしまうでしょう。もう自由自在に。ほら、手なずけるっていうでしょう？　アレですよ。小さい子の手にすぐ馴染んじゃいます。ほかの虫はこうはいきません」

成程と思う。だが虫の方はただウロウロしているだけなのに、子どもたちはそれが可愛い、となるのだろう。

「それで団子虫と園庭で遊んで、部屋に戻るときポケットに入れちゃって、家に帰ると母親たちがそのまま洗濯機にポイと放り込む」

「まあね……」

「明くる日、洗い上がった洗濯機の底に、団子虫の死骸がポロポロ残ってる……」

それは始末が悪い。

「それで保護者から苦情がきたんです。外遊びした子どもたちが部屋に戻ったとき、ポケットを点検して欲しいって」

それなら洗濯機に子どもの服を入れるとき、母親があらためればいいだろうと先生たちは思う。

「で、一人の若い先生が退職した先輩先生に電話で相談したんです。すると先輩先生が仰るには、団子虫を園児が家に持って帰ると虫は洗濯機かゴミ箱行きになるんだと。小さな虫の命はそこで尽きる。園でポケット検査をすると、見つかった団子虫は園の庭に帰る。仲間とずっと暮らせますって」

ここで問題なのは幼稚園と家庭、双方の責任のなすり合いでなく、虫の命が問われているのだ。で、幼稚園の先生たちがポケットの点検をすることになった。ところがそのついでに子どもたちは、吃驚するようなことを思い付いたと言う。

「虫に聞かせるお経を作るっていうんです」

団子虫に聞かせるのだから『団子虫経』というらしい。

「それができ上がったんですよ」

「へえ」

美土里も笑い声が出た。

「どんな？」

と聞くと、耳に当てた美土里の携帯から、間延びした歌のような、そうでないような教子の可笑しな声が流れてきた。

「まーるまーるこーろこーろー

まーるまーるこーろこーろー

ぷーちーぷーちーこーろこーろー」

教子は生真面目に唱えている。美土里は噴いた。

「ねえ、それが虫のお経？」

「ええ、園児たちは庭の木の下に集まって、もう半日も声を揃えて、こーろーこーろー、こーろーこーろーって歌ってるんですよ。あ、唱えてるんですよね」

浄厳寺の庭の光景が見えてくる。

「虫さん、どうぞ成仏しますようにって。あたしも喧《やかま》しくて叱りたくなりますが、いちおうお経ですもんね」

「ひらがなで書いたお経なのね」

「そうなんです。すると園の先生たちが面白いから漢字に直してやりましょうって」

「お経って勝手にわたしたちが作れるのかしら」

と美土里が言う。今までそんなこと考えたことがない。

「いいんですよ。子どもたちの善意で、真心なんですから」

教子は自分が許してやると言わんばかりに笑っている。

「それで夕方そっと子どもたちが帰った園を覗きに行くと、若い女の先生たちと事務員のおばさんが机に頭を寄せ合って。お経作りの最中でした」

教子も加わったと言う。

「もう立派な経文に仕上って！」

教子は嬉しくて堪《たま》らないように言う。

「たった今、美土里さんのパソコンにメールで送ったばかりです。十鳥辰子さんじゃないけどもちろん縦書きです。浄厳寺幼稚園の団子虫経文をぜひ見てください」

そして気になる箇所があれば教えてほしいと、教子は付け加える。

「どうして、わたしに？」

「美土里さんはご主人が亡くなって以来、ずっとお経を読んでいらっしゃるんでしょう」

えっ。……読んでいない。美土里は愕然《がくぜん》となった。四十九日忌のときでさえ、お寺抜きだからお経はナシだった。身内で集まって食事をしただけだ。

「そんな美土里さんに感想を伺いたいです」

どうしよう。寛宣を思い出しては、ただ泣いているだけの美土里だった。胸苦しくなってくる。何という妻だろう。何という未亡人であることか。

「部屋へ行って見せて戴くわ。どうも有難う」

美土里はそれだけ言うと、自分の部屋に行ってみた。パソコンのメールボックスを開けると、届いている、届いている。

怪しげな文字がズラリと並んでいる。

団《だん》子《ご》虫《むし》唯《ゆい》無《むー》心《しん》也《や》
大《だい》地《ち》豊《ほう》穣《じょー》栄《えい》世《せい》期《き》
汝《じょー》縛《ばく》其《ご》身《しん》呪《じゅ》縛《ばく》解《げ》
一《いっ》切《さい》我《がー》身《しん》証《しょう》不《ふ》知《ち》
我《がー》無《むー》心《しん》虫《ちゅう》宇《う》宙《ちゅう》
丸《まる》丸《まる》個《こ》露《ろ》個《こ》露《ろ》
多《たー》足《そく》其《ご》身《しん》長《ちょう》旅《りょ》行《こう》

其《ご》身《しん》即《そく》微《びー》小《しょう》極《ごく》大《だい》
唯《ゆい》四《しー》方《ほう》十《じゅっ》法《ぽう》光《こう》輝《き》
我《が》団《だん》子《ご》虫《むし》信《しん》行《ぎょう》至《ち》
智《ちー》慧《えー》無《む》虫《ちゅう》儘《じん》成《じょう》仏《ぶつ》
大《だい》地《ち》四《し》方《ほう》満《まん》光《こう》浄《じょう》
富《ぷ》値《ち》富《ぷ》値《ち》個《こ》露《ろ》個《こ》露《ろ》
即《そく》譲《じょう》受《じゅー》往《おう》生《じょうー》

若い女性たちが作ったとは思えない。

見たところ怪しげな経文だが、一つ一つ文字を拾ってみると、有難そうな文言が並んでいる。寛宣の四十九日は寺なし、お経なしだったことを思うと、立派なものである。荘重荘厳な漢字の間に団子虫という文字が入って、その愛らしさに頬がゆるんでしまう。これを住職が見たら何と言うだろう。

「秘密文書です」

と教子は声をひそめた。

「お釈迦様の時代はまだ文字がなかったでしょう。後になって弟子たちが教えを思い出して書き表したものでしょう。経文はつまり人間の弟子が書いたものであって、お釈迦様とか、誰だっけ観世音菩薩とかが書いたわけじゃない。だったらあたしたちが心を込めて書いてもオッケイですよ」

しかし団子虫が成仏するものだろうか。

「大丈夫、犬も猫も虫も蛇だって、人間のお経で成仏するそうです」

お寺の下宿人がお経の効果を力説し始める。

「そんなこと経文に書いてあるの？」

「いつだったかテレビで下関《しものせき》の魚市場のフグ供養をやってたけど、海の生き物ならクジラ塚とかアンコウ塚などもあって供養しているみたいですよ」

「そうね、団子虫もクジラもアンコウも生きてるものね」

命があるから、なくなる。なくなるから祈ってやる。そういうことかな、と美土里は何となく思う。

すると教子が笑いながら言う。

「それだけじゃないです。山川草木悉皆成仏《さんせんそうもくしっかいじょうぶつ》といって、大自然も成仏するとお経にはありますよ」

美土里は驚いた。草や木が成仏するのは何となく分からないではない。人間は草や木とどことなく似ている。一緒に生きているという感じがする。けれど山や川が成仏するというのは想像できないことだった。光の山や光の川などそんなものが生まれるのだろうか。

「ふふ、大自然が成仏してる絵があるんです！」

絵描きの教子が力を込めて言った。

「え、本当に？」

「エドヴァルド・ムンクの『太陽』。真ん中に太陽が出て燦燦《さんさん》と光輝を画面一杯に放っていて、その光がもう凄いんです。あたしの好きな絵です」

ああ何だか、以前、美土里はその絵を見たような気がする。ムンクの絵は暗い。その絵も明るくはなかったような気がする。けれど決して暗くもなかった。不思議な、つまりおかしな絵だったから覚えている。

電話を切ると、メールの『団子虫経』をB5用紙にプリントして机の前の壁にテープで止めた。

丸丸個露個露の漢字が並ぶところがアイデアというか。いやいや、お経にアイデアなどと言ってはいけない。経文の終わりの方の、大地四方に浄光が満ちるくだりなど、若い女性の教員たちがよく考えたと感心する。

その後、パソコンでムンクの絵を検索した。ムンク、太陽、とキーワードを二つ並べて打つと、するりとその画像が現れた。タイトルも『太陽』だった。北国ノルウェーの見るからに低温の太陽が画面中央に浮かび、ギラギラと冷たそうな光線を放っている。

氷が輝くような不思議な太陽光だ。

北国の山や谷の大自然が、つかの間の光の恵みにうるおっている。美土里は溜息をついた。絵描きの教子の成仏観とはこういうものかと思ってじっと見る。

第四章

時実美子は夫の墓へ毎月お参りすることにしたという。美土里はそれを聞いて驚いた。寛宣の遺骨はまだ家の仏間に置いたままだ。それで朝晩に仏飯やお茶を上げ下げするのも、リビングから出て隣の和室へ移動して行くだけだった。あまりに近すぎて気が咎めることもないではない。

時実利春氏の墓は山口市の山中にあるそうだ。門司とは海峡を挟んで近いけれど、山口は本州だ。門司駅から関門海底鉄道トンネルを通って下関へ渡る。市内の山間部にひらいた樹木葬の霊園である。

十一月の初め。

晴天が続くある朝、美土里は美子の月参りに誘われた。山の紅葉が始まったので行かないか、とハイキングに誘うような調子である。美土里も樹木葬の霊園を見てみたいと思っていたので、一緒に付いて行くことにした。

午前十一時過ぎ、門司駅で美子と待ち合わせた。

駅前で待っていた美子はパンツ姿でスニーカー履きである。美土里は時実利春氏の墓に初めて参るので喪服に改めてきた。美子が当惑したように礼を言う。

「まあ美土里さん。時実のために服まで整えてくださって、ありがとうございます……でも」

と美土里の足元を見て、

「その靴で登れるかしら」

「墓地だから喪服のお参りもあるんじゃない？」

「ない、ない、ないわ。樹木葬ってもっとラフな墓地なの。行けばわかるわ」

ということで切符を買ってホームに入った。やがてベルが鳴って待っていた下関行きに乗る。門司駅を発つと、ほどなく車窓が暗くなった。関門鉄道トンネルに入ったのだ。そのままぐんぐん海底へ降りて行く。暗い車内にレールを打つ鉄輪の音が轟々《ごうごう》と反響した。この耳を圧する音が延々と続くのだ。

以前、美土里はこのルートを通って下関図書館に通勤していたことがある。母親の書店経営が美土里を本好きにして、本のある職場から職場へとたどってきた。

美土里は関門鉄道トンネルに入ると、いつも真っ暗な窓外に眼を凝らした。外は目隠しをしたような暗闇だ。美土里の祖父は八十年前、この闇の地下のトンネル工事に参加していた。つまり関門鉄道トンネルは祖父の体内に潜って行くような気分になるのだ。

その工事は当時、世界初と言われた海底掘削工事で、祖父の寛之《ひろゆき》は電気部門の技師だった。昭和十一年の冬のことだ。海峡をはさんで、まず上り線が試験掘削を経て、門司と下関の両方から難工事を開始した。それというのも海底に軟弱地盤が何か所もあったからだ。

その話をするのはいつも母親で、父親は黙って酒を飲んで聞いていた。正月や盆に親戚が集まると、その『関門トンネル物語』が始まって、子どもの頃に美土里はもうそらで覚えていた。

「工事の開始はあの二・二六事件が起こった年で、日本は『大日本帝国』と言うていた時代やわ。うちのお爺さんは東京の電気専門学校を出て、国鉄に二十年以上奉職しとったの。あたしは嫁にきて二年。お父さん、あんたは幾つやったかいな」

「知らん」

母親は無視して話を続ける。

「シールド工法というてな、大きなモーターを回して穴を掘りながら、一方でゆるい地面に鉄枠を打ち込んでセメントを流しながら固めていくんやと」

「お前、潜って見たのか」

「そうよ。潜って見たわ。ハハハ、お爺さんのそばで見とったのよ」

美土里の祖父はこんな彼女が気に入って、息子の嫁に欲しいと自分で貰いに行ったほどである。

「海の底で電気がなくては岩盤が掘れん。岩盤を掘ると水がジャブジャブ溢れ出てくる。現場は水浸しで感電事故が起こってしまう。電気ば止めろ！　と穴掘りの親方が怒鳴る。電気の親方も怒鳴り返す。水ば止めろ！　早う止めんか！　電気がのうては穴は掘れん。そやけど穴を掘れば水は出てくる。親方同士でくる日もくる日も、喧嘩ばっかりしていたそうや」

海底地盤を掘削するときに、湧き水を抑える方法は一つあった。圧縮空気を送り込んで坑内の気圧を上げる。そうやって湧き水や地盤の崩壊を防ぎながら掘り進めるので、現場は常に厳重な密閉空間だった。

地下で働く人々が地上に出るときは、いったん減圧室に入る。急性減圧症の予防である。潜水病と似た状態を発症するのだ。それを防ぐには作業時間の短縮が一番だが、日中戦争に続いて第二次世界大戦が始まって、作業員の多くが兵役に取られて、人員が足りなかった。

「そのうち東京にはB29が爆弾をドンドン落として、ミッドウェー海戦ではコテンパンにやられて、ガダルカナル島で息も絶え絶えの中、関門海峡ではトンネル掘りが急ピッチで進んでいた。そうして昭和十九年のことやわ。門司と下関の両方から掘り進んだ最後の岩盤に、いよいよ発破を掛けたそのとき、ドドドーーッと大きな音が坑内を揺るがした！」

発破の衝撃で崩れるか。落盤事故！

作業員一同、息を呑んで立ちすくんだとき、頭の上の方から、ドッドッドッドッドッドッという音がゆっくりゆっくりゆっくりと響いて、岩盤の天井のずっと上を通り過ぎて行く。

「船や……。船が行く音や……。大きな安堵《あんど》の溜息が地底の人々から漏れたんやと。関門トンネルの足かけ五十年の夢が叶《かの》うた瞬間やったのね」

けれど、その翌年の八月に、広島と長崎に原子爆弾が落ちて日本は戦争に負けてしまった。

お、わ、り。

いつだったか、ある年の盆のことだ。美土里の母親がその日もちらし寿司に入れるささがきゴボウを削ぎながら、いつもの『関門トンネル物語』を独壇場でしゃべり終えたとき。向こうであぐらをかいて手酌で酒を飲んでいた美土里の父親が、ゴボウを削ぐ母親の手元を指さして、

「それはともかく……」

と言いがかりをつけた。

「おまえのささがきは太すぎる」

みなの前で難癖をつけられた母親は、包丁を動かしながら鼻で笑った。

「残念ながら、あたしは形而下《けいじか》のことは下手なのよ」

美土里の母親にしてみれば、義理の父が関門トンネルを掘るのも、寛宣がアラスカのバルディィズ港に鉄の大桟橋を造るのも、すべて形而下の仕事というわけだ。そういえば父親の削るささがきゴボウは薄くて柔らかい。美土里の家族の男たちは器用なのだ。そして母親を筆頭に女たちは不器用なたちだ。美土里が覚えていない祖父も、形而下のゴボウ削りはさぞ上手だったろう。

それだけ当時の技術者が苦労した関門鉄道トンネルの海底部は千百四十メートル余で、勾配を入れた総延長は三千六百メートルにおよぶ。昭和四十八年に開通した関門橋は千六十八メートルで、車は六分で走り抜ける。

トンネルの暗闇にともる灯りが、後ろへ後ろへと吹き飛んで行く。ガンガン、ゴンゴン、と鳴り響く轟音の穴を通り抜けて、列車は門司駅から七分間を経て下関ののどかな町に着いた。

美土里たちは駅前から市営バスに乗った。

昼下がりのバスはカランと空いていた。

「毎月お参りするといってもね、八月に亡くなって九月に納骨したから、わたしが時実のお墓参りにきたのは今月で二回目よ」

何だ、それなら決意表明だけで、冬にはその決意も崩れてしまうに決まっている。山口県の山間部は北九州より寒い。

「駅前から市バスで三十分ほど行くと山の入口に着くの」

何だか不便な山の奥のようである。

「そこから登山道を散歩がてら登って二十分くらい」

それなら到底、冬は無理だろう。真夏の暑さにも参りそうだ。未亡人はたいてい若くはないのに。

「樹木葬って、木の下にお骨を壺ごと埋めてしまうの？」

最近少しずつその弔い方を耳にし始めた。

「でもいろいろな種類があるのよ。普通のお墓に葬るように桜や銀杏《いちょう》の木の下に埋めて、長期間その霊園を管理するものと、遺骨を直接埋めたまま何十年も置いて自然の森に還すものと、その中間にも幾つかあるらしいの」

「うちは長くお参りができるように、霊園の管理の樹木の手入れや草取り、登山道の整備などもしているみたい」

「お宅の霊園は」

墓地を林や森に還す霊園では、遺骨を埋めたときが別れになる所もあるという。美土里には想像を絶する葬り方だ。

山の坂道の所でバスは停車した。

がらがらに空いた市営バスは、数組の客全員をふるい落として去って行った。なだらかな山にゆるい坂がある。幼稚園児くらいの男の子を連れた夫婦が、美土里たちを追い越して行った。後ろから老年の女性が一人登ってくる。

美子よりやや年長のようだったが歩き慣れた足取りだ。早く亡くなった夫のお参りに行くのだろうか。行先は墓地なので同行者の身の上に思いが及ぶ。

子どものいない美子は樹木葬を自分の意志で選んだが、美土里は佐衣子夫婦の意見も聞かねばならない。七十代の半ばになると、墓地の選択は子ども抜きには考えられなかった。

二十分ほど登ると、犬の吠え声や子どもの声が林の中から流れてきた。奥の方は意外に賑やかそうだった。林を抜けると、いきなり広い公園のような場所に出た。三方を林に囲まれた広場に、大きな楕円形《だえんけい》の盛り土が並び、石囲いが設けてある。

その盛り土の真ん中に、枝を大きく広げた桜の木が立っていた。今は葉を落としているが、春には盛大な花の傘が広がるだろう。その木は石囲いに立つ一本の旗印のようだった。隣の盛り土の丘にはハナミズキが立っている。その向こうにはカラマツの黄葉が眼に染まった。桜の木の根方には小ぶりの横長の石碑が八基ぐるりと取り巻いている。石碑には故人の名前が刻んであって遺骨が下に埋められているのだ。

「ここを紹介してくれた知人の話では、ちょうどソメイヨシノが花傘みたいに開いていて、極楽浄土とはこんな所かと見とれてしまったって」

向こうで一組の家族がビニールシートに座っていた。その辺りから彼らが飲んでいるのだろう、コーヒーの香りが漂っている。極楽浄土になったり、行楽地になったり、参りにくる人間しだいでここは情景が変わるようだ。

時実氏の埋葬場所にきた。

こちらは見事なクスノキが目印だった。辺りの石碑を見てまわると時実利春という名前を見つけた。美子が近くの水道へ行ってバケツで水を運んでくる。美子は菊の花を、美土里は百合の花を持ってきた。右左の石の花活けに差した。

ここでは食べ物は供えないという。参りにくる人も飲み物だけが許可される。カラスや山の動物たちが食べにきて霊園を荒らすからだ。時実利春と彫った横長の小さな石碑の前で、美子と美土里は数珠《じゅず》を出して手を合わせた。

眼を瞑ると行き過ぎる人の足音や遠い人の声、犬の鳴き声が耳に流れ込んでくる。この世の立てる音だと思いながら美土里は聞いていた。こういう感じは家の手元供養では味わえないものだと思う。

眼を開けると、向こうに柴の仔犬の姿が見えた。

お尻をきちんと地に付けて座っている。柴のそばには飼い主の中年夫婦が手を合わせていた。二人と一匹は静かに祈っている。誰を拝んでいるのだろう。美子が横からささやく。

「ここは人間と一緒に、飼い犬や猫なども埋葬できるの」

石碑に刻んだ文字を見ると苗字のない名前があるという。

「ハヤオなんていうのはたぶん犬の名前だと思うわ。ネネなんてのは猫じゃないかしら。墓石の名前を見てまわるのも楽しいのよ」

「だったらあの柴の仔犬は、もしかしたら母犬のお参りにきたのかもね」

美土里がお尻を地に付けた柴の仔に眼を向ける。何となく土の下に誰が埋められているか知っていそうな顔付きだ。やがて夫婦と柴の仔が去って行った後、美土里がそばに行くと、小型の石碑には、ナツ、という二文字が刻まれていた。

帰りもまた同じ山道を下る。

紅葉の林を行くと山に溶け込んでいくようである。死者との距離をこんな風に引き延ばして、わざわざ会いに行くのもわるくはない。けれど美土里と寛宣のように、同じ屋根の下に生きた者と死んだ者が棲み合うのもいいものだ。もうしばらく寛宣と一緒に暮らしてみようか。

ＪＲの下関駅で切符を買うとき、美子に誘われて門司の彼女の店まで行くことにした。昼もだいぶ過ぎて美子の店に着いた。

中へ入ると冷たいソーダ水を飲んで喉を潤した。それからサンドイッチとコーヒーを注文する。道の向かいには今日もシャッターの降りた『時実時計店』が見えた。主人亡き後、店は灰色の重い瞼《まぶた》を閉じて、静かに眠り込んでいるようだ。

「あの店の中には」

と美子が窓から向かいを眺めて言った。

「今も五十個くらい、まだ時計がチクチク動いているのよ」

時計店は店仕舞いするとき現品が残っていたという。それを同業の従兄《いとこ》や仲間の店が引き取って、後はネットオークションなどで売ってくれることになった。

じつは閉じた店の後には、大阪にいる美子の実弟が帰ってきて商売をするという。彼女の弟はコーヒー豆の焙煎士だそうである。故郷の北九州に帰って、姉と隣同士の店で新たに客を開拓したいという。

「一人で店の鍵を開けて、中の空気の入れ換えをしてるとき、店の時計の音が急に大きくなるときがあったりして。びっくりするの。これでもかというようにチクチクって迫ってきたりして」

と、美子がしみじみした声で話す。

「え、時計って音がするの？」

思わず美土里は聞き返した。あの小さな精密機器が音を立てているなんて思いも寄らない。

「柱時計など時間を知らせるものは別にしても、結構、音が聞こえてくるわ。オメガの腕時計なんかも、秒針のあるものは音をちゃんと刻んでいるの」

知らなかった。美土里は自分の手首を上げて耳を寄せてみた。いや、しんとしている。

「ただ針がなくてもね、デジタル時計以外は耳を近づけると中の機械の動く音がするのね。ひそ、ひそ、ひそ、という感じかしら。可愛いなあ……って思うのよ」

けれど利春氏が逝った後、美子の耳は時計の音を以前とは違った風に聞くようになったという。微《かす》かな音だけれど、一人で店内の片付けをやっていると、店中の時計が一斉に秒針を打ち始める。

「気のせいかもしれないけど」

と美子が低い声で笑った。

「チクチクチクチクって。電池の寿命が続く間ね、ずっとこうして鳴り続けるかと思うと気になってきて……。だんだん店に入るのが間遠になってしまってるの」

美土里は家の中の音のない空間が、自分の体にじわじわ迫ってくるように感じるときがある。美子は時計のあるかなきかの微かな音が気になるという。何だか耳は孤独の羅針盤のように思える。

「うちの夫は時計修理の国家資格を取って四十年だったの。その間ずっとこのチク、チク、チク、チクという音を聴き続けて、生きた女房のなまの声を聞くとき、いったいどんな感じがしたんだろうって、この頃になって思ったりするの」

美子はそんなことを話す。妻たちはみんないろいろ考えているのだと美土里は思う。自分だけではない。

美土里は自分の腕の時計を見る。二十年ほど前に旅先で買ったニナリッチの、細い月のような文字盤だ。そっと腕を上げて時計を美子の耳元に近寄せてみた。

「ねえ、これ、音してる?」

と聞いた。美土里は音を聞いたことがない。

「してる、してる……」

美子はうなずいた。

二人の耳は違うのではないかと思えてくる。


秋もいよいよ終盤にきたが、まだ庭の隅には蟬《せみ》の抜け殻が転がっていた。気が付くと庭の落ち葉と一緒に蟬の殻も掃き寄せる。だが掃いても掃いても抜け殻はどこからか出てきた。いつもより長かった今年の暑さのせいで、蟬の鳴き声も遅くまで聞こえた。

美土里は抜け殻を掃きながら、ラブラドールのユーリィが死んだ翌年の夏のことを思い出した。犬舎は一階の書庫の外壁と隣り合わせに立っている。寛宣がどこかで解体した倉庫の残材を貰ってきて、日曜大工でこしらえたものだ。彼は手が利いているので大工の本職並みに仕上げる。

アルミサッシの古いガラス戸を取り付けた内部は、明るかった。犬舎の正面に太いタブノキが生えていて、大きな樹冠が夏の日光を遮《さえぎ》って風もよく通った。そこで二代の犬たちが合わせて二十五年間も暮らした。四年前にユーリィが老衰で死んで空き家になった。

その明くる年の夏だった。

美土里は庭に降りて犬舎のガラス戸の前で息を呑んだ。

一個、二個、三個、十個、二十……七個。引き戸のガラスに張り付いている。普通、ガラスは滑るので脱皮前に体をくっつけることはないのではないか。蟬の幼虫は細い前脚の二本の爪を突き立ててしがみつくのだ。

美土里は箒を振り立てて、殻を一つ残らず払い落として、ゴミ袋に入れた。この異様な有様は何なのか。まるで蟬の襲撃のような眺めだ。そういえば生前のユーリィが地面に腹這って、前足で小さな物を摑んでカリカリと嚙んでいた。あのとき齧《かじ》っていたのはこの蟬の殻だったに違いない。

人間が豆を嚙むように、カリカリポリポリ……恍惚《こうこつ》として口を動かしていた。中には死にかけた幼虫も混じっていただろう。犬の口がくちゃくちゃと斜めに動く。すると細長い顔が歪んで笑っているようにも見えた。犬猫に虫けらはまぎれもない遊び道具だ。

ほらごらん、死んだ蟬たちの逆襲よ。

ユーリィは死んで蟬に仕返しされた。ハスキーのルビィも同じようにカリカリ嚙んで遊んだに違いない。ハスキーは薔薇《ばら》のトゲなど固いものがとくに好きな犬種だった。そうして考えてみると、蟬の殻を庭で見るようになったのは、ごく最近、暴れ者の犬たちが死んでからだ。

区民館のボランティア講座『おはなし会』は、毎月第一日曜日に開かれる。十一月の当番は美土里だった。寛宣が亡くなって空いた時間を、今まで以上に地域の子どもたちのために使うことにしたのだ。毎月の行事の一つで、幼稚園から小学校の低学年の児童向けである。

受け持つ絵本は『かぐや姫』だった。

前任の小学校の女教員の担当だったが、先月、異動になって美土里が後を受け継いだ。私大の図書館に勤めていた頃、保育課の教員と連携して幼稚園に子ども向けの出前講座に行っていたことがある。

ただ美土里は前任が選んだ『かぐや姫』に、あまり気乗りしなかった。竹取の翁《おきな》に竹の中から見つけ出されたかぐや姫は、美しい女性に成長する。それが都の公達《きんだち》たちに妻にしたいと言い寄られると、彼らを振り切って迎えの天人と共に月の都へ帰ってしまう。

主人公のかぐや姫は何もしないで、ただあれよ、あれよという間に一方的にストーリィが進んで、月の世界に帰るだけの話である。どうも物足りない。

『おはなし会』の当日になった。

午後一時開始の教室に白いマスクの顔が並んだ。

小さいマスクは子どもたちで二十人ほどと、大きなマスクは付き添いのおとなたちで六人が集まった。もともと人口の少ない地域で、町のほとんどの子が参加した。上首尾である。絵本を卓に立てた美土里は、マスクを外して抑揚をつけて読んでやる。

途中で子どものために補足の説明なども加える。

かぐや姫が光り輝く竹の中から生まれた場面。竹取りを生業《なりわい》とする翁と媼《おうな》の夫婦が驚いて、赤ん坊のかぐやを大事に家へ抱いて帰る場面。天からの授かり物と大切に育てる場面。やがてかぐやが輝くばかりの美しい女性になる場面。その噂を聞きつけた都の帝《みかど》や公達《きんだち》たちがかぐやを妻に欲しいと迫ってくる。かぐやの危機だ。

だがそんな地上の男どもの誘いをはじき飛ばして、かぐやは迎えにきた天女に導かれ光る輿《こし》に乗って空へ帰って行きました。めでたし、めでたし。

作者不詳の日本最古の物語に、小さな子どもたちは文句を言わない。素直に手を叩いて喜んでくれる。美土里は誰か子どもが「つまらない」と言ってくれないかなと思った。けれどそう言われると困るのは美土里だ。

民話の構造にケチをつけてもどうにもならない。できることなら子どもと一緒に、「どうしてつまらないのか」を話し合いたいと思ったものだ。しかし並んだ子どもたちのマスクの顔を見ると、とくにつまらなそうな顔もない。マスクでよく見えないせいもある。

絵本を閉じて終わりの挨拶をしようとしたとき、一人の男の子が手を上げた。小学校の五、六年生くらいか、もう少年である。立ち上がるとマスクを外した。

「質問しまァす」

と彼は悪びれなく言う。どうぞと美土里は少年を指した。

「かぐや姫は何をしに地球へきたんですか」

不服そうな顔で文句をつけた。

うん、うん、言えているではないか、と美土里はうなずきたかった。かぐやは何をしにここへきたのか。彼女は何もしなかった。ただ美しい、美しいと言われるためにだけきたのではないか。もっともかぐや姫を育てた翁と媼の老夫婦は分不相応な金持ちの身になれたけれど……。

「どうして、かぐや姫はわざわざ地球にきて、何にもしないで帰るんですか」

少年はもう一度突いてきた。

「育ててくれたお年寄りを悲しませて、それでも月へ帰るんだったら、初めからこなけりゃよかった！」

男の子はそう言い放った。

彼が自分の意見を言い終えると、周囲の親たちは急に眼が覚めたようにホッとした顔になる。

そうだ。その通りだね。

みんなのさざ波のような笑いが起こる。

美土里も思わず笑顔になって彼に応じた。

「そうかもしれませんね。こなけりゃよかった……、かもしれないわね。これは大変。問題が起きました！」

おとなたちの笑い声が流れたときだ。三、四歳くらいの小さな女の子が、ツンとおなかを突き出すように立ち上がった。その小さな手を、今、質問したばかりの少年が引き止めている。女の子は兄に連れられてきた妹のようだった。うるさい、とばかりに兄の手を女の子は振りほどく。

「はい、どうぞ。仰ってください」

と美土里が声をかける。

「ハイッ」

と女の子はマスクを取って大きな声で発表した。

「かぐや姫は……」

と叫ぶ様に言う。

「きたから、帰るんです」

そしてストンと座った。

辺りがしんとなる。みんな黙っていた。

おとなたちの何のことやら分からない顔がある。発表した女の子は首をまわして場内を見まわした後、もう一度立ち上がって大きな声でゆっくりと言い直した。

「かぐや姫はきたから、帰ります。それだけ！」

ひと呼吸置いておとなたちがざわめき出し、それからクスクスと笑い声が起きる。

美土里は立ったままでいた。それから女の子の方に拍手を送ってやった。そのまま美土里が手を叩き続けると、一人、二人、三人とおとなたちが合わせて手を叩き始める。それがだんだん広がった。

子どもたちも何だかわからなさそうな顔だったが、おとなたちにつられて手を叩いた。


区民館の出口で、私大に勤めていたとき一緒だった女性教員と顔を合わせた。美土里の講座を聞きにきてくれていた。お礼をのべて、彼女の家が小倉だったから、門司駅前まで二人でバスに乗ることにした。

「あの小さな女の子の発表には驚きました」

バス停へ歩きながら美土里はさっきの話をする。

「ボディブローを受けたみたいな感じというんでしょうか。打たれながら、ぼんやりしてしまったというか、相手が小さな子でしょう。ぶん殴られながら、ポカーンとしてたような感じ……」

あの子の発言は何だったのだろう。教員は松丸《まつまる》といって、幼稚園の教員を養成する保育科の担当だ。一緒に歩きながら彼女は同感するようにうなずいてくれた。

「そうね、おとなが聞くと吃驚するでしょう。でもあの子は小さな頭で思ったことを、そのまま話したんでしょうね」

「思ったまま?」

「ええ。小さい子どもは、くると、帰るの間に、できごとや時間というものがないんです。くると、帰るとがワンセットになっている。簡単なのですよ、人生が」

どうも込み入った話になってきた。

「つまりおとなのわたしたちが感じる、間《あいだ》という認識を持たないんです」

そういえば子どもの生活は簡単かもしれない。朝起きて、食べて、遊んで、寝る。その繰り返し。

「おとなの生活は、くることと、帰ることの間に、いきさつという面倒なものが生じます」

なるほど、と美土里はうなずく。バス停にきて二人は立ち止まる。ほどなくガランと空いた市バスがきて乗り込んだ。運転席と少し離れた中ほどに腰かける。

「人間は長く生きるほど、いきさつも増えてきます」

と松丸は話を続けた。

「そして齢と共に増えて絡み合ったりして複雑になる。子どもの生活はそうじゃありません。きたら、元の所に帰るしか、することがない。だからきたから帰る。あれは本当に名言ですね……」

美土里の頭の中で筋道が通ってきた。子どもの顔には迷いがないと思う。自分たちの暮らしは様々な事情やいきさつを抱え込んで、さしずめ、いきさつだらけがおとなの人生だ。そして昔、自分が生まれてきたことは頭から飛び去って、またそっちへ帰らねばならないことも忘れてしまう。

「おとなはくると帰るの間のスパンが長いのです。事情といきさつが人生のすべてみたいになってしまう」

と、松丸は昔のままのおだやかな声で言う。

そうか。その幼い子どもがだんだん成長して、中学や高校になると少しずついきさつが入り込んでくる。悩み多い年頃になっていくのだ。

門司駅にバスが着いた。

別れ際に彼女が言った。

「子ども相手に仕事をしていると、ときどき凄いことをインスパイアされるんです。あの子みたいに」

小柄な後ろ姿を美土里は見送った。

坂道を登りながら美土里は祖母のことを思った。人間は齢を取ると少しずついきさつが減ってくるのかもしれない。小さな子どもみたいにだ。

祖母の口癖は、

「みんなに心配かけるから」

というのだった。それで「すぐ死ぬから」「早く死ぬから」「じきに死ぬから」とそんなことばかり言って、結局、九十七歳でようやく寿命を終えた。

早くからいきさつをバラバラと振り落としながら、長く生きすぎたのだろうか。

「生まれたから死にます！」

美土里の耳に女の子の、スパッと竹を割ったような声が響いた。

第五章

十二月に入ると、坂の町もだんだん寒気が増してきた。

家の北側は崖で、風の音がしょっちゅう鳴っていた。洗面所と浴室の窓はそちらを向いていて、曇った日は戸を閉め切って開けることがない。だが春秋の季節は家の中で最も見晴らしの良い場所だ。空と崖がひらけている。

ある朝、美土里は一人分の洗い物を洗濯機にかけながら、向かいの谷を見上げた。鳥影が一つ、羽ばたくように舞い上がるのが見えたからだ。影は空の一点にふわりと浮かんだ、と見るや、それからするすると滑り降りてくる。

その上下運動を繰り返しながら谷の上空を旋回する。ソアリングというのだろうか。ヘリコプターなどがやる。揚がったり、降りたり、旋回したり、ときどき羽根を広げてただ浮いていたり、飽きもしないで遊び続ける。

双眼鏡を取ってきて姿を見ると、この辺りでよく見かける鳶《とび》のようだった。雨上がりの空は夾雑物《きょうざつぶつ》が払われて澄み切っている。鳶は自分の小さな影だけを空に独占して、わが物顔で楽しんでいる。

番《つがい》の鳥は終生夫婦仲が良いというが、その鳶も見たところ成鳥のようだ。あれはオスの鳶だろうか。空中に輪を描いては戻ってきて、遊び呆けている。メスはあんなに呑気に飛んでいることはないだろう。

こらっ、早くうちへ帰れ。

美土里は心の中で鳶を叱る。

あの鳶があんな風に有頂天になっているところへ、もし鷲《わし》のような猛禽《もうきん》が襲ってきたらどうする。鳶は鷹《たか》の一種で同じ猛禽類ではあるが、大きさと獰猛さでは敵《かな》わない。そんな大型の鳥が九州のこの辺りに棲んでいるかは知らないが、どんな不測のことが空に起きないとは限らない。

いい気になって遊んでいる鳶を、大きな鷲などが見つけて急襲したらどうなるだろう。鳶は血に染まった断末魔の一瞬、どんなことを思い巡らせるだろう。美土里はつい空の一点に心を奪われてしまう。鳶の気持ちになりきった。

ああ、おまえ。愛しいやつ……。

鳶はそう思うのだ。

鷲の鋭い爪に喉を切り裂かれて、鳶のオスはそのとき胸を焼くように苦しむだろう。そして鳶の妻の黒目がちの眸《ひとみ》を思い出す。鮮やかな茶と白の風切り羽。変わらぬ愛を誓った黒い嘴《くちばし》。美土里は死んでいく鳶のオスになる。

家の中は一人きりで笑う者は誰もいない。

それから間もない冬晴れの昼下がり。

美土里は買い物に坂を降りる途中、ひょいと布団の家を思い出した。忘れかけていたのを偶然に思い出した。坂の町の家々は天気の合間に、あちこちで布団を干していたのだ。それで、あのときの光景が蘇った。

やがてあの布団の家の前まで歩いてきた。むろん門扉の上の布団はとっくに消えている。町の人の話題にも残らなかった。布団が消えると目印もなくなって、後はみんな忘れ去られてしまうだけだ。

その跡地の前に立ったときドキッとして眼を疑った。

美土里は足を止めて立ち尽くした。

門の中は眼の届く限り、いちめん眩《まばゆ》いばかりの黄金色の草の波に覆われていたからだ。人の背丈ほど高く伸びて、ただの雑草とも思えない。

門扉の隙間から外に伸びた長い草の穂は、もはや門の輪郭を完全に呑み込んでいたのである。近寄ると黄金色の草は冬枯れした背高泡立草《せいたかあわだちそう》だった。けれど冬陽に光る黄金色の葉はとても枯葉とは見えなかった。豪勢といぅしかない凄まじい雑草の、この季節最後の光景だ。

けれど立ち止まって眺めるうち、美土里にはなぜかその景色に救いがあるような気がしたのだった。冬の天気のわずかな晴れ間に、観世音菩薩のような仏が空から舞い降りてきて、この不運な家の枯草に燦燦と光の粉を振《ふ》り撒《ま》いた……。

打たれたように美土里は眺めていた。

今年最後のパソコン教室の日になった。

十島辰子はパソコンにも教室の雰囲気にも馴れてきた。

その日、彼女はいつもの手提げ袋に大きな荷物を入れてきた。机の上に取り出すとB4くらいの一冊の図録のようである。

「主人の書庫で見つけてきたもので、句集の参考資料に探していたものです」

私大の学生たちが目ざとく覗きにきた。

図録の表紙には紅蓮《ぐれん》の炎が描かれている。美土里がそばに寄って眺めると、その炎は有名な平安時代の絵巻に描かれた地獄の業火だった。歴史の好きな者なら眼にしたことのある絵だろう。

辰子が持ってきたのはC社の『日本の絵巻7』で、母親の店を片付けたとき、美土里が一階の書庫に運び入れた二十巻の全集の中にあったのと同じものだった。三十年以上前に出たものだが、中に収めた『地獄草紙』はその絵が秀逸なことで知られている。

学生たちに辰子が『地獄草紙』の頁を開いて見せる。

「わあ、地獄！」

女子学生が声をあげたので、老人たちも腰を上げて見にくる。団地の主婦たちも後ろから覗いて、ちょっとした騒ぎになった。辰子が若い子たちに説明する。

「こういう絵を、六道絵というのです」

「ロ、ク、ド、ウ？」

「六つの道と書いて、地獄、餓鬼、畜生、修羅、人、天という六つの世界のことです。この絵巻にあるのはその中の最低最悪の、もうどうにもこうにもならない地獄界を絵にしています」

大真面目に教えるので、学生も老人や主婦たちも黙ってうなずいて聞いている。

「この地獄絵を何に使うんですか」

「参考資料です。俳句集を作るための」

「俳句集ですか。辰子さんの？」

教室での辰子の名前はもう知れ渡っている。

「そうよ、何にでも参考資料というものが大切です。あなたたちの卒論もね」

学生はしんとなる。

「ウヘッ。おばあさんが地獄の俳句を作るんだって……」

男子学生がささやき合った。

「十鳥さんと呼んでください」

辰子が釘を刺した。刺された学生はケロリとして、

「でも、人界と天界までどうして地獄の六道に入ってしまうんですか。人界は人間の世界で、天界は天にも昇る気持ちっていうように最高で、地獄とは違うんじゃないですか」

おや、と辰子は真顔で学生に向き直った。この子はなかなか考えていると見直した。

「そこが仏教の深いところです。人間の世界は風呂に入って人心地がついてホッとするかとみれば、誰かに文句を言われると怒る。失敗すれば落ち込んでしまい、彼女に振られると自殺したくなる。かぼそい草の根のようなものです。天界でだって宝くじが当たると喜んで飛び上がるけど、病院で癌の宣告をされたら絶望のどん底に落ちかねない。弱くても

ろくてあてどない心境は地獄に変わりないのです」

「地獄の上はないんですか」

「その上は声聞界《しょうもんかい》です」

「それって？」

「耳で聞いて大切なことを学んだり、眼で教えを読む。あなた方がそれです。学校は一つの声聞界。その上の縁覚界《えんがくかい》は芸術家のように自分の感性でさとる。その上は菩薩界」

「仏様ですね」

「まだそこまでいかないの。人を助ける行いの世界で、お医者さんがその一つね。それから仏界。悩みや苦しみに負けない広々とした、最高の心の世界です」

学生たちはそろそろと自分の机に戻り始める。ここは宗教の教室ではない。老人も主婦も散っていく。

辰子はやっとホッとしてパソコンを起動させる。来年には句集を出す予定で、受講生たちにかまっている暇はない。句作だ。句作。地獄の俳句である。辰子は机の『地獄草紙』を開きながら考え始める。

叫喚地獄の絵が現れた。その中の「髪火流《はっかる》」だ。

瘦せこけた裸の女が仰向けに引っくり返って、頭を鉄の鳥に齧《かじ》られている。血を流している。足の方にも血溜まりがあって、こっちは鉄の犬に食われていた。平安時代に鉄の鳥と鉄の犬である。何しろ念が入っている。

別の絵では大きな鉄の碓《うす》に亡者を落とし込んで、グルグルとすり潰している。碓の下には血が流れて、亡者は挽肉になっていく。よく考えたものだ。当代一と謳われた絵師が頭をひねって考え出した無惨な場面だろう。

鬼の顔が喜びにくしゃくしゃになっている。その表情も上手い。地獄を描くには地獄の心理がなくてはならない。坊主も絵師もここは地獄の鬼になりきってしまう。面白いわ。辰子の地獄観はつまりこんな塩梅なのである。

辰子は一句、浮かんだ。

　人の世の地獄真っ赤に燃え上がり

教室の帰りは忘年会を開く予定になっていた。

いつもの美子の店『時知らず』に、美土里と教子、辰子も加わって、店主の美子も入れた四人だった。

年の瀬の店内は珍しく女性客が二組入っていた。飲み会なのでマスクは見当たらない。美土里たちが店に入ると、奥のカウンターから美子が待ちかねたように出てきた。

忘年会のメニューは美子に任せている。女店員が白ワインとビールを持ってきた。脚の高いグラスを辰子と美土里と美子の前に置く。教子がワインを注ぎ分けた。車を運転する教子にはノンアルのビールが置かれた。

辰子は去年、美土里と美子は今年、夫を亡くしているので乾杯は静かに無言のうちにおこなった。今回の主役は新入りの十鳥辰子で、彼女に来年の句集発刊の動機などを話して貰うことになっている。

辰子は俳句を縦書きで打つのが目的で入ってきた、珍しい生徒である。美土里たちはみんな、辰子のことは何も知らない。ただ分かっているのは少し変わった年寄りだということ。

美土里たちは膝を寄せて辰子に眼を注いだ。

「昨年の夏に夫が逝きましてから……」

と辰子はぽつり、ぽつりと話し始める。

「少しずつ夫との越し方を思い出していますと、そろそろ来年辺りに句集の形でまとめて仏前に供えようと思いたって」

今まで俳句をやってきたが趣味の域を出るものではなかったという。独りで暮らすようになって初めて、俳句と向かい合うことが楽しみになった。

「絵は線や色で描きます。写真なら被写体を選んでシャッターを押します。俳句は言葉で描きます。道具も何もいりません。想いがあるだけですぐやれます。その言葉も短くて五、七、五、のたった十七文字で」

そのたった十七文字が難しいのだと美土里は思う。

「亡くなった者の生前の姿を言葉でなぞります。消えた夫の輪郭を彫り込んでいくような感じです」

辰子が入って、いつだったか美土里も初めて寛宣の句を作った。辰子の句を真似て自分も寛宣の帽子の句を作ったときの気持ちを思い出す。ぼんやりと思っていた寛宣の姿が、焦点を当てるように浮かんでは消えて、今まで味わったことのないひとときを過ごした。

俳句は短い集中かもしれない。

「昔、六十何年も前にあたくしども夫婦は、新婚旅行で大分の別府《べっぷ》温泉に参りましたの。そのときに二人で眺めた地獄温泉のことを、俳句にしたら楽しかろうと……」

楽しい？　思い出すことが楽しいだろうか。美土里は思い出すことが苦しい。

「地獄温泉が楽しかったのですか？」

と美子が聞いた。

「ええ、地獄が楽しいというのは変ですが、初めて行った地獄の湯を満喫しました。そして考えてみると、あたくしたち夫婦は若くて、夫の将来も多少は約束されていて、地獄はあたくしたちにとればまったく縁のない世界です。新婚の若い夫婦が遊びに行くのにこれほど楽しい所はなかった……」

美土里と教子は黙って顔を見合わせた。美土里は辰子のことをただの寂しい野原に生えている老木みたいに見ていたが、どうやらそれは違うようだ。

席の空気を変えるように教子がにっこりして、

「随筆も入れるとおっしゃっていましたね。それなら芭蕉の『おくのほそ道』みたいです。何だか楽しみです」

「いえ、いえ。神のような芭蕉先生の句集に、あたくしなどの句集が並べられるなんてとんでもありません」

と辰子が畏《おそ》れ入《い》る。

「大分の別府といえば、宮崎の青島《あおしま》と並んで、昔の新婚旅行で一、二位の人気でしたね」

と懐かしそうに美子も口を挟んだ。

「辰子さん、いいですね。『おくのほそ道』じゃなくて、新婚旅行の地獄湯の細道。その楽しい地獄の句を聞かせて下さい」

美土里たちが手を叩いた。

オードブルの大皿と、ワインボトルのお代わりが運ばれてくる。美土里が美子のグラスに注ぎ、美子は美土里のグラスに注ぎ返し、教子はワインの瓶を受け取ると、辰子に向けた。

「お代わりはいかがですか」

「あたくしは教子さんと同じノンアルビールを」

女店員が運んできたそのビールをひと口飲むと、辰子の頬が少し赤らんで眼が潤んでくる。もう辰子は酔い始めているようだった。

「では辰子さん、句をお願いします」

美土里たちはバッグから手帳とボールペンを取り出した。

「ではどうぞ。よろしかったら何句でも」

辰子は自分のメモ帳を開く。少し嗄《しゃが》れ気味の落ち着いた声が流れた。

「道行や……三途《さんず》の河原の……冷やし瓜売り」

三人は書き写す。けれど、その手が止まった。

三途の河原？　三人は辰子の顔を見る。

「あのう、別府温泉に三途の河原がありますかしら」

「別府温泉に三途の河原はありません。昭和三十三年の春、あたくしたちは別府の鉄輪《かんなわ》温泉で血の池地獄や海地獄、坊主地獄を見てまわりましたが、じつはその先にも行ったのです」

「どこにですか？」

「二人だけの地獄……」

美土里たちは顔を見合わせた。

「その地獄はどこにあるんですか」

「どこにもありません。地獄は人間の想像力が作るものです」

と辰子は静かに言う。

「その地獄に冷やし瓜があるんですか」

「ええ。冷やし瓜の店が河原に出ているんです」

と辰子がホホホと笑った。みんなは分からない。

「河原に鬼が店を出しているんです」

「想像力の地獄ですね」

と美子が溜息をつく。

「あたくしの心の地獄の風景です」

「まだよく分かりません。その心の地獄っていったいどんな所でしょうか」

美土里が尋ねた。

辰子は手元のメモの次の頁を開いて、

「それはたとえばこんな所です。次の句を聞いてください」

嗄れ声に気合いが入ってきた。

「桃咲いて……行き交う鬼は……みな漢《おとこ》」

それに続けて説明を加える。

「このおとこは男と女でいう男でなくて、悪漢の漢という字を用います」

美土里はほうと思う。エロティックな情景である。桃の花が咲いて、男鬼たちが行き交っている。しかし変わった句だ。八十をとうに越した老女の作とは思えない。

「桜道……偸盗邪淫《ちゅうとうじゃいん》の……男女行く」

これにも注釈を入れる。

「偸盗とはぬすみのことです。邪淫は他人の妻と通じ、他人の夫と通じる淫乱の行為のことです」

桜の美しさと、人間の男女の暗い邪淫のエロスが十七文字の中で向かい合っている。辰子は年寄りだけれどなかなかやる。

「手っ切り……足切り……赤鬼が見て行けと」

『地獄草紙』の解身地獄《げしん》では、罪人が手足をバラバラに切断されてまな板の上に並んでいる。この地獄観光で十鳥夫婦はどうやら特別席の客のようである。鬼に寄って行けと誘われるような身分らしい。そんな地獄を想像して作りながらさぞ楽しかったことだろう。想像の心の地獄とはこういうものか。地獄の思想は孤独な人間の慰安になる。ハマるはずだと美土里はおかしくなった。

「いいですねえ。わたしたちもご一緒している気分です」

と教子が声をはずませた。辰子は地獄の案内人だ。こちらへどうぞ、と招いている。

「桃ひらき……夫婦《めおと》喧嘩の……閻魔庁《えんまちょう》」

いよいよ閻魔庁舎の前に着いた。建物の中から派手な夫婦喧嘩の声が飛び交っているところである。

お前が悪い！　いいえ、あんたがいけない！

ここにくる者は、わが身を振り返らずに必ず相手を責める。男と女のいつ果てるとも知れない罵り合いを、庭の桃の花が耳を寄せて聞いている。

「仏教が生まれたインドの地には、地獄の裁きなどはとくになかったと言います」

辰子は地獄の勉強もしていた。

「そのインドから仏教が中国に渡ったとき、宋の官僚制度に倣《なら》って地獄に閻魔庁が出来たようです。そして閻魔大王をトップにして十人の裁判官が生まれたといいます」

「この世の制度を地獄に投入したのですね」

と教子が思わず声に出して笑った。

釜茹で、皮剝ぎ、火炙りの挙句に、裁判制度まで持ってきてたいしたものだというしかない。

「生きてる人間はなかなかやります。行ったことも見たこともない地獄を頭の中にこしらえて、裁判制度まで作ってしまう」

教子はしきりに感心する。美土里と美子は笑い転げた。

辰子のいう通り何と楽しい地獄だろう。

「閻魔大王の声は百千の雷の鳴るより、もっと大きい声だといいます。その声で言うんだから怖いですよね。汝、生まれ難き人間界へ生まれ、逢い難き仏法流布の国に生まれながら、娑婆の執心にとらわれて悪業を重ねる。この罪業赦《ゆる》すべからず、と。凄い裁きです」

辰子がクスクス笑う。

「それでは辰子さん、次の句をどうぞ」

促されて辰子はメモ帳を持ち直した。

「朧月……六十年前にも……来た河原」

おぼろづきは漢字で、と辰子はみんなに言い添える。

「六十年前にもきたんですか？」

と美土里が訊き返した。

辰子は少し微笑んで、

「新婚旅行の別府温泉の地獄から、ここまでつながって六十年を数えます」

若いときの別府の地獄が時空を超えて、これらの句に行き着いた。つながってくるんですね。俳句の中に亡き十鳥氏がいて辰子もいる。三途の河原で冷やし瓜を食べる夫婦は、昔のままだ。

「生死の次元が長く長くつながっているんですね」

すると辰子がメモ帳を閉じて、

「それでは……そろそろ最後の一句を」

と言った。

「針山の……難所に夫《つま》を……置いてきた」

美土里たちはちょっと黙ってしまった。

針山地獄に置いてきた？　誰を？　夫を……。

「まあ、なんてこと」

「いいんですか」

それには答えず、辰子は微笑んで白髪頭を下げた。

「では今日はこれくらいで……」


その後は飲み物を追加して食事会になる。

美子が取り皿を配りながら辰子の句の感想を話す。

「怖くない地獄ですね。何となれば懐かしい、わが心の郷愁の地獄という不思議な感じでした」

美土里の思う地獄はそれとは違う。

子どもの頃、毎年春になると美土里の祖母は近所の年寄り仲間たちと汽車に乗って、筑《ちく》豊《ほう》の篠栗《ささぐり》山という霊場へ行った。五、六日ほど巡礼の旅をして、帰りには必ず地獄・極楽の絵草紙を土産に買ってきた。

どれも似たような粗末なザラ紙に色刷りの、鬼や血まみれの亡者たちの絵をなぜ子どもに買ってきたのかわからない。そして祖母たちは本当に地獄から帰って来た人間のようで、幼い美土里はそばになかなか近寄れないでいた。

しかしおとなになってみると、辰子の俳句のように地獄は案外面白い。鬼たちの残虐非道が極まると逆に現実味がふっ飛んでしまい、閻魔大王なんて映画の悪役そこのけだ。

さっきから鶏の唐揚げをもりもり食べていた教子が、手と口を休めて辰子に尋ねる。

「現代は地獄が遠くなりましたけど、辰子さんはいったいどんなきっかけで、地獄に興味を持ったんですか」

辰子はノンアルビールのグラスを掌に包んでいる。

「あたくしの夫の職種は民事部門の裁判官でございました」

それを聞いて美土里たちは静かになった。裁判官の夫なんて辰子にどことなく似合う気がする。夫なる人の写真もまだ見たことがないのにである。

「職業としては近寄りにくい感じでしょうが、あたくしの夫は穏やかで情の厚い人でした。仕事のことは妻に申しませんが、ただ一つ、別府温泉へ新婚旅行に行った晩、宿のお湯に首を浮かせて夫が言ったことは忘れられません」

「まあ。地獄のお湯にね……、首まで浸かってのお話ね」

と、離れ小島の夫を持つ美子は羨ましげに聞いている。

「はい。昼間は血の池地獄や海地獄、坊主地獄を巡りましてね、あたくしたちは若くて元気でした」

辰子は懐かしそうに語る。

「ご主人は地獄がお好きだったの」

「ええ。夫は常々、自分は地獄贔屓《びいき》だと申しておりました」

やはり少し変わった人物のようである。

「夫はこう言うのです。この世に司法という制度がなかったら、裁判所や警察がなかったら、それはもう大変だと。悪が野放しになってしまう、悪は必ず裁かれねばならない。もしも悪をこの世で見逃してしまうことがあれば、冥土まで追って行って取り押さえ、地獄で裁きの決着を付けねばならないと」

みんなで黙って顔を見合わせた。

十鳥裁判官はいかにも職務に厳しい人物のようだ。人は死ねば死にきり。死人に口なしともいう。普通、死後まで責任を取らせる例は聞かない。辰子の夫はそれを否定するのである。

「悪人は死んで地獄へ行っても、また現世に戻ると悪事をおこないかねないと申します」

「えっ。死んでまた戻ってくるの?」

美子が驚いている。

「そうね、仏教は輪廻《りんね》思想だから、戻ってくることになるんでしょうね。裁かれないままで続いていく」

と、教子がうなずいて、

「さすが裁判官は見逃しませんね」

「はい、十鳥は、地獄の閻魔庁は悪人を見逃すことなく、最終的に取り締まる大事な役所だと申します。そこで働く鬼たちを非情な獄卒のように見てはならぬと言うのです」

「鬼の味方ね」

「大事な部下ですからね」

「それに」

と辰子は続ける。

「悪いことをした者でも、自分の悪心を後悔して改めた者は、仏になれるそうですよ」

ほう、と美土里たちは溜息をついた。

「そして、たとえ仏であっても悪心を起こしたならば、これも、たちまち地獄へ堕《お》ちてしまいます」

「えっ、仏が悪いことをするの！」

信じられないとばかり美土里たちは顔を見合わせた。

「はい。仏だって場合によれば悪をやるのです。この場合というのが『縁』ですね」

辰子の話が難しくなる。いつの間にかみんな静かになった。

「あるとき極楽の仏様がね、地獄の閻魔大王の裁きが酷《ひど》すぎるって、抗議をしたことがあるそうです」

「えっ、本当ですか」

「書き物に記してありますが、さあ、どうですかしら。二千年以上も昔のことだから、本当も嘘もありません。信じるか信じないかです。あたくしは信じます。なかなか興味のある事件だからです。それが理由というものです。地獄では罪人の体を切り刻んだり、すり潰したり、残虐すぎると仏は言いました」

それもそうだと美土里たちも納得する。

「地獄送りの罪人が増えて、極楽行きの人口がどんどん減ってしまうんです。仏様は困ってしまう。でも閻魔大王は地獄の裁きに極楽が口出しするな、と言って耳を貸さない。それでついに戦争が始まりました！　極楽の仏の大軍が地獄へ攻め込んで、閻魔大王以下、鬼たちが敗れたんです」

「極楽の仏が戦争に勝つんですか！　変じゃないかしら」

「書き物が残っています」

辰子はすまして答える。これはこれで面白い話である。

「心というものはクルクルとまわるのですね。悪心もまた善心となり、善心もまた悪心となります」

「ああ、そう言えば」

教子が思い出したように言った。

「お寺の仏像の中に、胴体が一つで、首が前と後ろに二つ付いているのがありますよね。前が仏の顔で、後ろが鬼の顔だったかな。クルリとまわるんです。仏になったり鬼になったりする」

「知らなかった。不思議な世界ですねえ」

と感に堪えたように美子がつぶやいた。

「何だっけ、表の顔は閻魔大王で、裏の顔は地蔵菩薩なんて像を見たことがあるわ」

「仏像の二重人格」

美子が言うと、

「心ってそういうものだということです」

と辰子がすげなく答える。

「でもそんなに簡単に心が入れ替わるものかしら」

美土里は首をかしげた。

するとお辰子はみんなを見まわして、

「ではお尋ねしますが、ここにおいでの時実美子さんは、優しい女性ですか。それともすぐに怒る、怖い女性ですか？」

美土里がスッと答えた。

「もちろん、彼女はとても優しい人です。今まで不機嫌な顔を見たことがありません」

「では、あたくしがここでいきなり、美子さんの頬をパチーンとぶったらどうでしょうか」

「そりゃ怒りますよ。理由もなく突然ぶたれたら、美子さんでなくても腹を立てない人間はいません」

美土里は美子になり代わって言う。

「それでございます。人の心の平安はそのように、一瞬のうち無残に毀《こわ》れてしまうものです」

なるほど。言われてみるとそうかもしれない。反論する者はいなかった。辰子は静かにしゃべり始めた。

「世の中に、今からあなたを理由なく殴りますよ、と前もって断る人間はいません。でも戦争というものはある日、突然、大砲の弾が飛んで来て始まるじゃありませんか。宣戦布告もしてないのに、ハワイの真珠湾にドカドカ爆弾が落ちてきたでしょう。いきなり頬を撲《う》たれたりするのが、この世の現実です」

言いながら辰子は、話を元の十鳥裁判官の所まで戻していく。

「そこで地獄の裁きが大切になるのでしょう。地獄はきちんと機能しないといけない。地獄にも正義があるんですね」

「そうご主人が仰ったのね」

と教子がクスクス笑った。

「はい。悪を懲らしめる鬼を悪者扱いしていないかと……」

この世の司法とあの世の司法が繫がって、可笑しな世界の話になった。一つだけスッキリ美土里が分かるのは、誰かにいきなり撲たれたら、撲たれた者はまず怒る……。逆に、助けられたら、感謝するだろう。騙されたら、恨むだろう。愛されたら……愛し返す……かな。

「そういうものを仏教では『縁』というのですね」

と辰子はノンアルビールでひと口、喉を潤して、

「縁しだいで心はくるくる変わる。そんな当て所《あど》ない心を抱いて、あたくしたちは生きて

いるということでしょうね……」

新婚の夜に十鳥裁判官はこう言ったという。

「おれは人間だからな、あんまり信じない方がいい」

と妻をかき抱いて言ったらしい。

「虎やライオンなど、野獣の方が心は真っすぐだ」

夜が更けて、他の客の姿も絶えた地獄湯の中で、二人はある約束をしたのだった。

「どんな約束？　どきどきしますね」

と美子が言う。辰子が亡夫の声を真似てみせた。

「おれたちが齢を取ったら二人でまた、ゆっくり地獄巡りをしようではないか」

十鳥氏の言う地獄がその別府温泉の地獄なのか、それとも冥府の地獄を指すのかはこれまた微妙であるが、どちらでも構わないと辰子は言う。彼女はとにかく若かった。そんな齢取った先のことなど気にかけもしなかったのだ。

以来、十鳥裁判官は真面目一筋、仕事を終えて八十八歳で亡くなった。三途の河原はあのとき約束した、夫婦が落ち合う場所のようだった。

「そんなことであたくしどもの道行きは、三途の河原から始まります。十鳥が向こう岸で手を振っている。あたくしは後を追ってそこで落ち合う。句集はそんなストーリィです」

辰子はそう言って口を閉じる。この奇妙な話に笑っていいのか、いけないのか、美土里たちは互いの顔を見合わせていた。


帰り道、見事な満月が昇っていた。

教子の車で美土里は家まで送って貰った。

ノンアルビールに教子は少し酔ったような声だ。

「死んだら夫婦で地獄で合流しよう、なんて……、人の心って様々ですねえ……」

寛宣はそんなことを妻に言う暇もなく逝ったのだと、美土里は思う。夜道をヘッドライトの帯が走る。闇を裂いて動く光の帯は生きもののように美しかった。


いよいよ年の瀬が迫ってきた。

美土里の身辺は気忙しくなり気が滅入っていく。

今度の正月は寛宣の喪中になるので、年越しの支度や元旦の祝い膳はしなくていい。結婚して四十年余りやってきたことを休む。

美土里は少しホッとした。

そんなとき。今年の残る日も一週間ほどになった夜。

佐衣子から電話がかかってきた。

「お母さん。今年の正月はあたしたち三人だけでそっとやらない？　お母さんは何もしなくていいのよ。正月のお重はデパートで買ってくるから。年越し蕎麦や、元日のヒラメの刺身は、亮の同級生の魚屋に頼めばすむの」

美土里は一瞬、戸惑った。娘は何を言っているのか。

「独りきりの年越しなんてさせないわ。安心して」

どうやら佐衣子夫婦が、大晦日から泊まりにきてくれる話らしい。

「でも病院があるんじゃないの」

子どものいない佐衣子は正月三が日は大抵、子どものいる看護師の当番を代わってやっている。

「だってこちらは父親の喪中なのよ。このときこそ今まで代わってあげた若い看護師たちが、市川さん、どうぞゆっくりお休みくださいって言ってくれるの」

佐衣子の声は少し弾んでいる。母親孝行をする喜びがそのまま出ていた。美土里は答えようとして言い淀んだ。

「あの、お母さんね、正月の間、できれば独りでいたいんだけど……」

相談を持ちかけたつもりだ。佐衣子はそのとき投げられた石がピシッと当たったように声を変えた。

「でもこないだあたしが言ったとき、良いわねって嬉しそうだったじゃない」

佐衣子がそんなことを言ったのはぼんやりと覚えている。ただそのときは返事を引き延ばしたつもりだった。彼女が電話をかけているのは病院のナースステーションではなく、ひとけのない小部屋のようだった。

「あたしはそれで正月勤務のシフトを替えて貰ったの。亮は知り合いの魚屋に元日のヒラメの大皿を頼んだのよ。三人で食べるおせちの三段重も、博多のデパートに注文した！」

親孝行のつもりが断られて、怒るのは無理ないかもしれない。だが美土里は佐衣子にもうひと声、なぜ正月を独りで過ごしたいのかと、尋ねて貰いたいと思う。

美土里は動くのが億劫《おっくう》だった。世間の賑わいが増すぶんだけ独り取り残されていく自分が見える。いつか、山埜くら子が電話で嘆いていたのを思い出す。

「季節の行事が近づくとつらくなってくるんです。妙なもので外が活気づくほど落ち込んでしまいます。夫が死んで、一番しのぎやすいのは雨の日。雪が降り積んで家が閉ざされてしまったような日……。わたし、部屋の畳の目にどんどんめり込んでいくんです」

今こそくら子の気持ちがわかる。

畳の目に入り込んでしまいたい。

もし佐衣子が将来、夫の亮に先立たれたら、今の美土里の気持ちが少しは理解できるのではないか。

寛宣があんな風に逝ってから四か月近く、苦しい思い出ばかり詰まったこの家で、同じ苦しみを味わった娘夫婦と顔を突き合わせて正月膳を囲むのは、やりきれない。美土里は独りになりたかった。

自分のわがままだと分かっている。だが美土里は誰にも会わず、独りで眼を瞑って正月をやり過ごしたかった。

佐衣子に叱られても仕方ないと思う。

「子どもみたいなこと！」

「ごめんなさい。何だかもう投げ出したくなったの」

佐衣子は病院勤務の傍ら、実家に戻って葬式や相続の手続きなどを助けている。彼女の怒りは収まらない。

「亮だって忙しいのに。あたしたちは働いていて大変なのよ。お母さんは自分のことだけ考えてる！」

そうだ。その通りだ。美土里は電話を切った。なぜ自分の手が動いたのかわからなかった。もしかするとその一瞬前に、佐衣子の方が先に電話を切っていたような気もする。だから自分も同時に切った。わからない。

どちらが先にしろ、二人とも心はぶち切れていた。


正月を挟んで、親子喧嘩は持ち越されることになった。

美土里は寛宣の弟の倉田義弘にも電話して、今年の正月は独りで迎えたい旨を打ち明けた。義弘は同情するように了解してくれた。

「そうだね、義姉さんもゆっくり正月を過ごしたらいい。ぼくたちもそうするから」

血を分けた娘との方が難しかった。

大晦日がきた。

二階の窓に夜の闇が降りてくると、針が一本落ちても響くようなしじまが取り囲んだ。音を立てると大音響に家が鳴動するような恐怖がある。歩くのも忍び足、風呂に入るのも湯の音を立てなかった。テレビも点けない。時間も凍るような無音の寝床で身じろぎもせず眠った。

眼を瞑ってまた眠りかけると、夢現《ゆめうつつ》というか、隣のカラッポのはずのベッドに、むこう向きに寝ている寛宣のパジャマの肩が見えた。

元日の朝がきた。

美土里は正月の朝日を二階の寝室の窓から眺めた。

太陽はすでにだいぶ高く昇っていた。

光の輪が幾重にも空に浮かんで眩しかった。

坂の道を見おろすと、しんと静まった通りを黒いジャンパーの男が登って行くところだ。後ろ姿は老人のようである。

頼りなげにひと足、ひと足歩いて行く。

真冬の年寄りはみな分厚い防寒着のせいで膨れて見える。

それが寛宣の後ろ姿と思えば、そのようにも見えなくもない。ゴルフをやめて二年半ほど、頸椎から出た症状は下半身にまでおよんで、死の前年辺りは身体不自由な老人に変わっていた。

美土里は吸い込まれるように老人を見た。

在りし日の寛宣の姿がそこにある。元日の朝に不思議が起こったと思いたい。信じられる？　美土里はつぶやく。

いいえ、信じられない。

思うままに生きた寛宣の日々はもう消えた。坂を登る老人の背中は過去の彼自身の時間をおぶっている。

元日の夜も独りで過ごした。

佐衣子からの電話はふっつりと止んでいた。美土里は自分のぶんと、寛宣のぶんの酒をグラスに注ぎ分けて片方を遺影の前に供えた。両脇のルビィとユーリィの写真の前にはソーセージを一本ずつ置いてやる。

仏壇の蠟燭《ろうそく》に火を点けると、小さな紅い炎が立ち上がる。小さいが美土里の眼に沁みるような赤さだった。火はどうしてこんなに赤いのだろう、とまじまじと見つめて思う。炎の形なりにゆらゆら揺れ続けている。揺らめきながら重たそうな塊である。何だか炎の形をした赤い固形物のようにも見える。吹き消しても一瞬で消えるとは思えない。

火の正体とは何なのだろう。

鮮やかな赤い色を持ち、崩れない塊のように堅固で、しかもゆらゆら揺れて動き止まないもの。ここに確かに在るようで、消せば瞬時に滅んでしまう。蠟燭の炎と死んだ者は似ている。

燃える火を見つめながらグラスを握った。

第六章

何やら白い壁に影のようなものが映っていた。それが這うようにザワザワ、ザワザワと横へ動いて行く。何かが去っていくような気配がするが、その影みたいなものの正体が美土里には分からない。眼にも見えず触れることもできないのに、影の気配だけは続いてゆっくり遠ざかって行くようだ。

例えば樹木の枝が通りの塀をこすって行くような。けれど樹木が歩くはずはない。ザワザワ、ザワザワ……。誰が歩いているのだろう。誰が遠ざかって行くのだろう。

ザワザワ、ザワザワ、ザワザワ……。

寛宣が亡くなって半年が経った。

そろそろ桜の蕾《つぼみ》が膨らんでくる気配である。

離れていくのは死者とは違うようだ。死んだ者はまだ美土里のそばに息づいている。死者が息づくというのも変だが、美土里のそばにいて死を営み続けている。ただ死の衝撃が少し緩んでほどけかけているのかもしれない。

美土里は以前のように二階の窓から、死の気配に染まったような夕焼けを眺めることが少なくなった。

早春の坂の町に解体工事の騒音が響き渡った。

美土里はその午後、買い物に降りて行く道すがら、道路に停めた工事車両と出くわした。ヘルメットをかぶった数人の作業員の姿がある。一軒の家が解体工事に入っているのだった。そこはもう布団の家の面影も薄れてしまったが、まぎれもなくあの家が立っていた場所である。

クレーン車や廃材を積む大型トラックが道を半分塞《ふさ》ぎ、ブルドーザーが二階の屋根はとうに崩して、今は鉄の爪を突き立ててガッシ、ガッシ、ガリガリと外壁を食い破っている。破れ目から露わに見える内壁は薄板も同然で、裂けて、破れて、ガラガラと崩れ落ちていく。

見覚えのある赤茶色の錆びた門扉が、残骸の小山の中に放り投げてあった。道にこぼれていた。振り返ると去年の春に気が付いてから、一年ほども経過している。

解体した更地には、やがて『売地』の立看板が出るので、建物は情け容赦なく一切合切引き倒されて粉々にされる。真っ直ぐに立っていた建物は、斜めの力を加えるとこんなにも他愛なく崩れる。美土里は買い物の行き帰りに眼にとどめた。

去年の初冬のあの黄金色の庭はもう消えたのだ。

数日後、坂の道を下って行くと、工事現場の方角がカラーンと明るくなっていた。ついに建物が一軒まるごと解体されて、ひと区画分だけカラッポの敷地に春の陽が降り注いでいる。

夕方の帰り道、坂を登って行くと解体した家一軒分の跡地は底が抜けたような眺めだった。すでに壊した残材は運び出され、敷地にはコンクリートの土台の残骸だけが広がっていた。売地にするにはまだ当分このまま地盤が固まるのを待つのである。

美土里は乾いた地面を眺めていたとき、ふと寛宣の亡骸を焼いた後の火葬場の炉床の光景が浮かんできた。まだ余熱の立ち昇る炉床には、焼き上がった死者の白い骨片が崩れて広がっていた。無機質の白い煉瓦の炉床の上に、頭蓋骨や腰骨や手足の残骸がくずおれていた。生きていた人体を思わせるものは一片もない。

だがそれは終戦間際の、八幡大空襲の古い写真で見た光景と妙に似ていた。人間の体の焼け跡と、北九州の街の焼け跡がなぜか似ている。灰色のガラガラに乾いた焦土が残されていた。空き家の解体現場は焼け跡ではないが、白々として無機質このうえない。

明日はこの地面の瓦礫も運び去られて、更土《さらつち》が敷き詰められていくのだろう。美土里は翌日から、もうその道は通らないことにした。買い物に坂を降りて行くときは別の道を選んだ。碁盤の目のような住宅の道は他に何本もあるのだ。毀れた建物は今まで馴染んだ景色を連れて消えていった。

やがてすべての仕事を終えたダンプカーが去ると、また年寄りばかりの坂の町には息をひそめたような静けさが舞い戻った。

ある朝、美土里は冬服を片付けるため階下の納戸へ降りたとき、開け放した書庫のドアの前で立ち止まった。こないだの教室に十鳥辰子が持ってきた『地獄草紙』の真っ赤な表紙を思い出したのだ。

あの図録と同じものがこの中にあったはずだ。

母親の本屋を店仕舞いするとき、『日本の絵巻』二十巻の揃いは、美土里が段ボール箱に詰めて家に運んだ。同じ箱に分厚い山本作兵衛《やまもとさくべえ》の炭鉱画集『王国と闇』一巻も納めた。そっちは作兵衛忌のときだったか十四、五万で売れた。絵巻のシリーズはバラで買い手があったが、セット売りしかしたくなかった。

美土里は春服を出すのを後にして、書庫に入ると奥の段ボール箱を一つずつ開けてみた。重い本は大きな箱には入れない。女の力で持ち上がらないからだ。探す物は小型の箱からすぐ出てきた。深紅の炎の表紙が眼に飛び込んだ。シリーズの第七巻だ。大判一冊の中に『餓鬼草紙』『地獄草紙』『病草紙』『九相詩絵巻』の四作が収めてある。

平安末期は〝絵巻の世紀〟と呼ばれるほど、傑作が続々と出た時代だ。その中でも『地獄草紙』は絵巻の中の最高峰と称されている。東京国博と奈良国博の二館に分けて収蔵されているが、いずれも国宝だ。

美土里は段ボール箱の横に突っ立って、山城教子に携帯電話で知らせた。彼女はたいてい家で仕事をしている。ウェブデザインがどんな仕事なのか知らないが、パソコンを開いてやっているようだ。

「そっちにあるんですか」

と教子が聞き返す。

「今から伺ってもいいですか」

仕事を置いて今からすぐくると言う。一度じっくりとその絵を見たかったらしい。教室のときは私大の学生たちが騒いだので、手に取ってよく見ることができなかった。

隣町だから十五分ほどで着く。

美土里は書庫の暖房を点けると、箱から七巻目を取り出した。それから庭へ出て車庫のシャッターを開けてやる。教子の車はすぐやってきた。車庫に車を入れる音がした。教子は絵の制作をしていたようで、絵具除けのエプロン姿のまま車から降りてきた。

教子が一階の書庫に入るのはその日が初めてだ。天井まで届く書棚を見上げる。母親が生きていた頃の本である。本は死なない、とふと思った。

美土里は店仕舞いした時実時計店のことを思い出した。美子は取り置いた時計の音が微かに聞こえると言ったが、本は音を立てることはない。もし本が誰もいない深夜に語り出したら、どんなものだろう。そら耳でいいから聴いてみたい。

教子がテーブルの図録に手を伸ばした。

「これが出てきたんですね。めくっていいですか」

「どうぞ、どうぞ」

「ああ。いいですねえ、地獄絵巻！」

と教子の第一声に驚いた。変わった女性だと美土里は思った。普通は大抵、地獄絵など気味が悪い、とか、恐ろしい！　などと言うものだ。教子は惚れ惚れとした声だ。

「面白い絵ですねえ。あたし『地獄草紙』好きなんです。絵描きがもう人間の想像力を出し切って、見たこともない嘘の世界がうわァーって発動してるみたいです」

そうか。そういう風に観るか、と美土里は思わずうなずいた。教子は絵描きの側に立っているのだろう。

「その嘘つきの絵が九百年近くも残されて国宝になってる。ほんと、絵描き冥利に尽きるって思います」

「それはそうかもしれないけど、でも嘘つきの絵なんて言わないで。これは大した仏教美術なんだから」

　と美土里がそっと抑える。

「でも仏教画って、そもそも百パーセントの想像力の力技でというか、それと真っ赤な嘘を捏《こ》ね合わせたものでしょう。あの世を見た者は誰もいないし、地獄極楽に行った者もいないです。優れた仏教画たるゆえんは、無いものを描き上げる筆の力ですよ」

　教子の話はいちいちもっともだと思う。

　しゃべりながら教子は『地獄草紙』の頁をめくっていく。

「この絵巻シリーズを作らせた後白河法皇って、ＮＨＫのテレビドラマにも出てましたよね。西田敏行だったかしら。すっかり後白河さんになりきって上手だったわ」

　美土里はテレビドラマはあまり観なかった。

「後白河さんは」

　と法皇のことを隣家の住人のように言う。

「おかしなエピソードが山ほどあって、少年の頃から成人するまで当時の今様《いまよう》ばっかり、朝から晩まで何か月も謡《うた》い続《つづ》けて、とうとう喉から血が出て何か月も声が出なくなったと言います。今様って当時の歌謡曲です。とても天皇の位に就くような器ではないと書いたものがあるようです」

その歌を集めて編んだのが『梁塵秘抄《りょうじんひしょう》』で、美土里は十代の頃に読んだ覚えがある。

舞へ舞へ蝸牛《かたつむり》　舞はぬものならば　馬の子や牛の子にくえさせてん

うろ覚えだが、若いとき心に感応した文句は、不確かだけど不確かのまま覚えているのが可笑しい。かたつむりに踊りを踊らせようとする。そんなムリな……。踊らないなら馬の子や牛の子に食わせてしまうぞ。ひどい、ひどいと子ども心に腹が立った。

そんな歌に後白河院が夜も日もなく、喉を痛めるまでのぼせた。物狂いの噂は都中に流れたようだ。

「それから、何かのお祀《まつ》りをするとき、その日ばかり四度も雨に降られて、すっかり頭にきた後白河さんは、その雨水を器に取って牢屋に押し込んだそうです」

変わり者で、偏狭的人物でもあるようだ。ただし、馬や牛にくえさせるというのは、正しくは蹴とばさせよ、という意味らしいが、食わせても蹴とばしても、可哀相なことには変りない。

「平家の滅亡も、源氏の追討も、後白河さんの画策であることは歴史が証明しています。そのうえ稀代の色事師で相手は男性・女性の別なく激しい性愛の持ち主で、下は町の女から、上は源頼朝まで愛人にしたっていうツワモノだそうです」

教子は絵描きのピカソの噂話を披露するように、絵巻制作の号令を発した後白河さんの素行をぶちまける。

「ただ、彼のことを悪く言ってるんじゃないです。そんな彼みたいな人物が作らせた『地獄草紙』は、仏経説話というより愚かな人間、早い話があたしたち普通の人間向けにできていたように思うんです。地獄の鬼に責められてる亡者はあたしたちで、嬉々として亡者を痛めつける鬼たちもまたあたしたちで、退屈しながらのうのうと生きている公家や、後白河さんもみんなそうです」

美土里はそのとき十鳥裁判官のこともチラと思い出した。観る人間によって地獄はいろいろと変わるようだ。面白い。

教子は話を続ける。

「そしてあたしたちはこの絵を見ながら、心の中でこう思っているんです。大丈夫、まだ自分はマシだ、って……。ここに描かれてる亡者たちほど悪いことはしてないぞ、って。

まだ、まだ、マシだと。後白河さんもそう思っていたと思いますよ。だからこの地獄絵、怖いけどユーモラスじゃないですか。本当の地獄を描くことはできない。見て楽しんで、お酒飲んで笑って、結局、人間が好きなのは覗き見です。地獄のね」

その通りかもと美土里は黙って聞いている。

教子が開いた絵巻の地獄では、河原で鉄の板に細切れに刻まれた人間の肉がステーキみたいにジュージューと焼かれている。料理をする鬼たちの顔は喜びに溢れて切ないほどに見える。

鬼たちは何をしても楽しい。罪人を折檻《せっかん》する、なぶり殺しにする。どうやっても楽しいのだ。喜びに打ち震えている鬼たちを、絵巻の鑑賞者たちは「もっとやれっ！」と盛り立てる。だから地獄絵は今も昔も人の心を摑んでいる。

「そうやって楽しんだ後白河さんも晩年は病気がひどくなって、坊さんたちを集めて病気平癒《へいゆ》の祈願や祈禱《きとう》を頼んだそうです。でも最後は六十六歳で病没した……」

「昔の人は天皇だって将軍だって寿命が短いのよね」

美土里は付け加えるように言った。

「でもいちがいには言えません」

と教子はもうひと言を付け足す。

『地獄草紙』の原典の『往生要集』を編んだ源信《げんしん》は七十六歳で、お釈迦様は八十歳で亡くなりました」

と、教子はクスクス笑った。

美土里が小学生だった頃、夜な夜な子どもたちを不安に落とし込んだのは年寄りの地獄話だった。

「わたしが子どもの頃、陽気が良くなると地元の年寄りはみんな筑豊の篠栗詣りのお遍路に出たのよ。白手拭いを姐さんかぶりして、白い頭陀袋《ずだぶくろ》を首に掛け、白い法被《はっぴ》に手甲《てっこう》、脚絆《きゃはん》に草鞋《わらじ》履きのお婆さんたちが、八幡駅から汽車に乗って消えて行ったの」

掃き清めたように姿が無くなったものだ。

その篠栗サンというのがどんな所かは知らない。ただ帰ってくるときの土産が『地獄めぐり』の絵草紙だった。ザラ紙を荒綴じしたような薄い冊子で、表紙の赤い印刷インキが手に付きそうな感じだ。

「毎年の土産だから貰うとやがていつの間にか捨ててしまった。見たくないのよ。赤鬼や青鬼がニンゲンを金棒で叩き潰したり。小さい頃は夢に出てきた」

地獄が子どもの躾《しつけ》になったのだ。

悪いことをすると鬼に食われる。嘘つくと閻魔様に舌を抜かれる。昔の躾はすべて地獄が引き受けてくれたのだ。

「悪いことをしなかったか。嘘をつかなかったか。ねえ、小さい子にいったいどんな悪いことができると思う？　つまらない脅しをかけて、あの頃の親や年寄りを恨みたくなる。おとなたちがそもそも罪作りなんじゃないって……」

言いかけて美土里は口をつぐんだ。さっきから冷え冷えとする。階下は窓が小さくて日当たりがよくない。

美土里は声の調子を変えて、

「ねえ、二階に上がってコーヒーでも飲まない？」

と書庫の天井を指さした。

それから二人は二階のリビングに場所を移した。


三方の広い掃き出し窓から陽が射し込んで、二階は眩いほど明るく暖かだ。今まで話し込んでいた階下が地の底のように思える。美土里は二人分のコーヒーカップに、ポットの熱いコーヒーを注いだ。

こないだ『時知らず』で聞いた辰子の話と、教子の話の地獄はだいぶ様子が違っている。美土里の篠栗遍路の思い出は、辰子の地獄と似通っていた。新婚旅行の別府の地獄も、美土里の祖母の篠栗土産の地獄も、今となっては懐かしさがそくそくと漂ってくる。地獄への郷愁というのだろうか。それは昔の人間たちへの懐かしさに通じるようである。

地獄の炎と亡者たちの体から流れる血潮。

辺り一面の残酷・無惨な絵の世界だが、教子の話を聞くと、いちめんで鬼たちと亡者の踊り狂う派手なダンスに見えないこともない。

教子はコーヒーを飲みながら『地獄草紙』の頁をめくっている。それを横から眺めながら、美土里の気持ちはなぜか満ち足りていた。夫の寛宣はもうとうにこの世からいなくなってしまったが、寛宣が旅立って行った場所に近い所、とでもいうか何だかその辺りの隣村の景色を覗いているような気がする。

教子が図録から顔を上げた。

「あの」

と言った。

「もう少しコーヒーを戴いていいですか」

「ええ、どうぞ、どうぞ」

教子が手を伸ばして自分でコーヒーを注ぎながら言う。

「この絵を見てると、ある人のことを思い出しました。その話をしてもいいですか」

教子の眼が静かに美土里を見た。そのとき海の方から船笛が流れてきた。海が応えているようで美土里は可笑しくなって口をすぼめた。

「十年くらい前ですか、絵描き仲間のMっていう友達がいまして……」

教子が話し始める。Mは男性ではないかと美土里は思った。

「美術の教員を辞めて、坊主になるって言うんです」

「まあ、若い方ですか」

「あたしと大学の美術部が一緒で、そのときも同じ中学校で教員をしてました。みんなで説得して止めたんですが、とうとう学校を辞めて出て行きました」

退職して仏門に入る決心をした理由は誰にも分からなかったという。五、六年経って、仏道修行もだいぶ進んだかと思う頃、電話が入って、会いたいと言う声を聞いた。

「入院中の病院からでした。足にできた悪性腫瘍で、何万人に一人とかいう癌の末期だったんです。でも、私、会いには行かなかったんです」

それからしばらくして、彼の母親という人から電話がかかってきて、彼が亡くなったと聞いて飛んで行ったという。

「彼は田舎に齢取《としと》ったお母さんが一人でいらして、母一人子一人の身の上でした」

「奥さんは、いらっしゃらないんですか」

「ええ、独身です……」

教子と同じである。美土里は黙って耳を澄ませた。

「それであたし、お母さんを手伝って、葬式から彼の下宿先の片付けまでやりました。田舎へ送る物を出すとき、本の中から一冊抜き取って、私が形見代わりに貰って帰ることにしました。使い込んだ古い英語の辞書です」

「……」

「そしてだいぶ経った頃、お盆過ぎでしたか、懐かしさにその辞書を思い出して、取り出して開いてみたんです。辞書の薄くて柔らかな紙の間に、写真がはさまっていたんです。びっくりしました」

美土里はいつの間にか息をとめて聞いていた。

「……スカートの下の薄暗がりに伸びた女性の足とか。満員電車の中で押されて揺れている女子高生のお尻とか……。彼が撮ったに違いありません。なぜなら、あたしが写っている一枚があったからです」

美土里は息をとめたままだ。

「坊主になりたがってた理由が分かったんです！」

と教子はピシリと言った。

「腹が立ちました？」

いいえ、と教子はなぜか柔らかに首を横に振る。

「男の性欲が暴走するときは止められないんでしょうか。Ｍの場合はさいわい女性の体を傷つけていないようで、ホッとします。人間にとって性欲は必要だけど、度を越した色欲が入ると事件になったりする。生まれつき色欲の強い男性は、仏教の業《ごう》という言葉を思い出させます」

美土里はうなずいた。

「坊さんになりたがったのはそれだったのね」

なぜか教子の言葉に合わせると、Ｍに同情的になっていく。しかし隠し撮りは犯罪だと美土里は思う。見つかれば謝罪だけではすまない。彼の場合は撮影した当人が死んで、その罪も闇に葬られたわけであるが。

「あたしのためにその写真は燃やしました」

「教子さんのために？」

「ええ。あたしの顔は写ってなかったけどスカートの柄で瞬間的に分かります。着ている服とその場所をすぐ思い出して」

教子はしばらく何も言わない。

二人はどの程度の関係だったのかと美土里は思う。もしかりに深い関係だとすれば写真の内容も違ってくる。

「腹が立ちましたか」

美土里はもう一度、聞いた。

「立ちました。……でもそれはすぐ消えて、物凄く淋しくなりました」

「淋しい」

「ええ。そこに写っていたのは、ただの被写体の女性です。初めて会った知らない女性と同じです。ただ性欲と色欲だけが撮影者にはある。そのほかの感情なんてチリほどもない写真です」

美土里は陽の降り注ぐ窓を見た。こんなに明るい地獄もあるのだった。

「彼がね、あっち向けと言ってくれたら、あたしは向いてあげたでしょう。たぶんね。こっち向けとか。こうしろとか。ああしろとか。彼が言ってくれたら、あたしは言う通りにしてあげたはず……。ただの被写体にされたあたしは淋しかったんです。初めは怒りが湧きましたが、それより辛さの方が襲ってきて座り込みました」

教子は顔を上げて少し微笑んだ。

「男が自分の煩悩のために頭を剃って坊主になったら、頭は幾つあっても足りませんね。

毛は剃っても剃っても生えてくる。煩悩と追いかけっこです。そして彼は死んでしまいました。今振り返ると、強い風があたしの脇を吹き抜けて行ったみたいです。もうあんまり思い出すこともなくなったけど」

坂の下から船笛が聞こえてくる。

しっかりしろよォ、と船笛は励ますように何回もずっと流れてきた。

春先の雑草は台所の野菜のように柔らかい。その優しい緑色が庭の縁を覆っていく。寛宣の生前、美土里は庭の草取りをした覚えがほとんどない。倒れるまで寛宣が、パイプ椅子を庭に出して座って草を摘んでいたのだ。

何もしない夫と公言していた自分を恥じる。

エプロンのポケットに入れた携帯が鳴った。時実美子から思いがけない電話が飛び込んできた。

「美土里さん、アンティークの置時計を一つ、貰って戴けないかしら」

信じられない電話の内容だ。美子の明るい声はいつもと変わらない。しかし時実時計店のアンティーク時計は高価なのではないだろうか。

「前から片付けていた夫の時計店を、いよいよ月末にたたむことにしたんです。弟がそろそろ今の空き店舗に帰って来ると言うものですから」

それで残っている時計の片付けというわけだった。そう言えば以前、時実氏が亡くなった後も、まだ残りの時計が動いていると美子が言っていた。美土里はその言葉をときどき思い出したものだ。夫の遺品が空き店舗で時を刻み続けている。

「輸入物の腕時計などは、時実の従兄や時計店仲間が売りさばいてくれたけど、アンティークの置時計はまだ取ってあります。よければ美土里さんたちにも使って戴けたら……」

寛宣はゴルフクラブには凝っていたが、時計には関心がなかった。今使っている壁時計などは、美土里が母親の書店に掛けていたただの古物である。

「よかったら教子さんや十鳥辰子さんも、一緒に誘って戴けたら嬉しいけど。土曜日ならシャッター開けて待ってます」

「それなら委《まか》せて。声掛けするから」

美土里は請け合った。辰子は昨日の教室で会ったが、地獄の句集の俳句は出そろったけれど中に挿入する随筆が遅れているという。随筆の入力は字数が多くてパソコンに慣れていない辰子には、なかなか骨が折れる作業らしい。

「教子さんにも予定を聞いてみるわ」

彼女は地元の春期絵画展に向けて、制作に取り組んでいる。お寺の庭から墓地の辺りまで、天気の良い日は描き上げたベニヤ板の絵を立てかけて干している。庭を見れば制作状況がわかるという具合だ。

夜に電話をして教子に伝えると、

「行きます。アンティーク時計を戴けるなら、飛んで行きます」

週末は晴天が続くようなので、朝のうち描いたベニヤ板を全部干して出かけると言う。

十鳥辰子はあいにく句会の当番が当たって諦めた。

五月第一週のパソコン教室の前日、美土里は教子の車に乗って『時実時計店』に出かけた。

教子はこの頃、若い男みたいな短髪を伸ばし始めている。数日前に美容院でパーマをかけてきたという。いつもの大工の親父さんみたいな教子が変わっていた。こないだ家に『地獄草紙』を見にきたときのことを、美土里はふと思い出す。Mの話をした後なので彼女の変化が少し気になる。

「髪型変えたのね。似合ってるわ」

「園児たちも可愛いって言ってくれるの。けっこう年増なのにね」

と言っても教子はまだ四十そこそこだ。本当に教子は可愛く見える。

ハンドルを握って笑っている。

『時実時計店』に着いた。

美子が、開けたシャッターの前で待っている。初めてシャッターの開いた時計店を見た。店内に陽が差し込んでいる。美子が二人を店の中に案内した。

時実氏の店に入るのは初めてである。ショーウィンドーの棚はすでにカラだったが、店内の壁には幾つかの掛時計が下がったままである。カウンターが広くゆったりとした造りだ。

美子が奥から段ボール箱を重そうに出してきた。開けると養生紙にくるまれた古い置時計が保管されている。それが美子の手で一つ一つレジの横の台に並べられた。

それらの時計の針はあらかじめ止めてあった。止まった時刻のまま古い時計の円形の文字盤が奇妙な表情になっている。何だか昆虫の顔を見るようである。

「この中から選ぶのね」

教子が身を乗り出した。台の下にはもう一つ小さめの段ボール箱が置かれている。

「こっちは？」

美土里が聞くと、それは毀れた腕時計だという。修理はできなくて、今夜にも時実氏の従兄が取りに来て処分する。

「ついでに見ます？」

美土里と教子がうなずくと、美子はその箱の蓋を開けた。ガサッと中身をひと揺すりすると、ザラザラッと底の方で古い腕時計の文字盤が光った。置時計は大型の昆虫で、こちらは小さな虫たちだ。

「可愛い」

と教子が声を上げた。

「生きものみたいに見えるでしょう」

と美子。すると教子が覗き込んで、

「ほんと。一つ一つ顔があります。ああ、あたし何だか泣いちゃいそう……」

教子は何と思ったものか声を震わせた。

美土里はなぜか団子虫経を思い出していた。

丸丸《まるまる》個露《ころ》個露《ころ》……

園児たちの作ったお経の文字が、色とりどりの丸い文字盤に化けてしまったようである。

箱から取り出してみると、それでも時計一個ずつの重さがあった。針の位置で文字盤の表情が様々に違って見える。笑っている文字盤。怒っている文字盤、微妙に変わる。

「こちらはちゃんと動きますよ」

美子はもとの置時計の箱の中味をまだ取り出している。

「これはセイコーで、こっちはシチズン。この箱型の取手付きはスイスのルクソールってメーカーです」

飼い犬の名前みたいだ。置時計は大きさも形状も材質も様々である。ピノキオの形をした古い木製の時計や、陶製の動物、昔懐かしいガラス製の箱型もある。背後にゼンマイネジが差し込まれている。美子が一つ取り上げて見せた。

「これは人気のあるイタリア製のラビット型です」

「あたし、これ好きだわ！」

教子が手を伸ばした。長い耳が頭の上に直立している。白ウサギの木肌がねずみ色に変色して、上着の赤いチョッキも色褪せている。可愛さにも時代色があって、これなどアンティークで人気があるのではないか。

「これは高値が付きそうですけど」

「七、八千円くらいかな？　よかったら教子さんにプレゼントします」

「ほんと？　嬉しい。今夜枕元に置いて寝たいな」

「ネジを巻いたら、明日の朝には起こしてくれますよ」

美子が笑った。美土里も一つ選ばせて貰うことにした。水色の磁器製の置時計に眼が留まる。上品な淡い水色の波型の土台に文字盤が埋め込まれ、傍らに人魚が座っていた。よき時代のアンティーク時計の雰囲気が漂う。

「これはフランスかしら」

「そうです。雰囲気があるでしょう。磁器の肌がきめ細かで上品な色合い。置時計はお国柄が出ます」

「これを戴いていいかしら」

「台座の端に小さな欠けがあるんだけど、それでもよかったら」

「もちろん。骨董ですものね」

美土里は両手に抱え持った。こちらはずしりと手応えがある。

ふと美子が羨ましく思えた。こんな時計をいろいろとテーブルに並べて、美子は時実氏と二人で眺めたのだろうか。水色の磁器の人魚の時計や、おどけたラビット時計や、懐かしい童話のピノキオ時計などを並べた、時実氏と美子の静かな夜の時間が思い浮かぶ。

寛宣は二匹の犬に愛されていた。メス犬だったからか、犬も彼を熱愛した。ルビィやユーリィに飛び付かれ、押し倒されながら寛宣は喜んでいた。時実氏もこの時計たち、セイコーや、シチズンや、スイスのなんかと睦み合っていたろう。

ただ美土里は、寛宣の仕事の世界には入っていけなかった。寛宣は鉄の構造物相手の重量計算ばかりやっている。ゴルフをしないか、と美土里は一度誘われた。あんな広い緑の芝生に開けた小さな穴に、玉を打ち込んでどうする？　美土里はスポーツが好きじゃなかった。寛宣は妻と共有できるような趣味を持っていなかった。

『時知らず』の女店員がコーヒーを三人分運んできた。ケーキも見つくろって添えてくれた。コーヒーをすすりケーキを食べた。

「これでとうとう残りの時計ともさよならです」

と美子が声を落として言った。

「今も時計の針の音が聞こえますか」

と教子が尋ねる。

「ええ。わたしの耳の中でね」

美土里は美子の白い耳を見た。外向きについた耳だ。音感がいいだろうと思う。

「わたしは時計が生きものだって知ったわ」

と美土里が言った。

「嬉しいことを仰るのね。それならわたしも時実の形見として自分用の目覚まし時計を一つ、選んでみようかしら」

美子は並んだ置時計を眺めると、頭に蓮の葉っぱを載せた蛙の置時計を手に取った。真鍮製らしい蛙が後ろ足を踏ん張っている。背中にネジが付いていた。

「これはドイツね。グリム童話の蛙じゃないかしら」
ギリギリと美子はネジを巻いた。何だか死んだ時実氏にカツを入れてるみたいだった。
コーヒーを飲んでケーキを食べ終えると、美土里は戸口の方を見た。外は少し黄昏《たそが》れてい
る。教子が自分の腕時計を見た。帰りは画材屋に寄ると言っていた。名残惜しそうに教子
は腰を上げる。
「今日はいい時計日和でした。素敵なお土産を戴いて有難うございます」
美子は耳長ラビットの置時計を箱に入れて教子に持たせた。

教子の車が遠ざかると、残った二人は喫茶店の方へ行って、ボックス席に座り直した。

「弟さんがあそこに入ると、ご主人との思い出が消えていくわね」

と美土里がつぶやくと、

「でも」

と美子は首を傾けて笑った。

「彼は元から離れ小島の住人だったから」

チクリと言葉に小さな棘《とげ》が混じっている。

美土里は訝《いぶか》しんだ。時実氏は生きていたとき、美子とそんな風に離れた関係だったかも

しれないが、死なれてみると懐かしさの方が先に立つのではないか。

「それは夫婦仲が良かった人たちの場合じゃないの」

美子はぽつりと言う。

「仲の良かった夫婦は、片方が死んだらいつまでも泣き悲しむことはないって、聞いたことがあるわ。泣くだけ泣いたらすっきりとケリをつけて、新しい人生を始めるものだって。悲しむばかりが夫婦愛じゃないみたい」

そんなことを、美土里は初めて聞いた。

「それじゃ、夫婦仲が悪かった場合はどうなの？」

「そのときは、いつまでもいつまでも、妻は悶々と苦しみ続けるんだって」

美土里は首をかしげた。

「美子さんはどっち？」

「わたしはいつまでもいつまでも苦しむ方。ケリがつかない妻の方です」

と美子は微苦笑した。それから声を細めて、

「時実はね、生きてるときは時計の島に住んでいたのよ。一人でね。何不自由なく自分の好きな時計たちに囲まれて。それともう一つ、彼には好きなものがあったのよ。鳥が大好きで、野鳥の会に入っていたの。その愛する渡り鳥たちが年に二回は彼に会いに飛んで来

る。わたしたちの生活費は二人で折半で、彼は本当に趣味三昧の人生だったんじゃないかしら。つまり一人で居ても幸せな男と、わたしは結婚してしまったわけね」

どうやら時実氏と寛宣は、正反対の男のようだった。そもそも時実氏は結婚する必要のない男なのだ。寛宣は結婚したい男だったことは間違いない。結婚というより、妻という女を持つことに憧れがあったという方が分かりやすい。

今度は美子が美土里に切り返す番になったようだ。

「ねえ、美土里さんのご主人ってどんな方だった？」

美土里は寛宣の思い出を手繰《たぐ》り寄せる。

結婚して間もない頃。

こんなことがあった。

「彼は仕事の帰りに、通りがかったデパートのショーウィンドーに眼が留まったのね。そこにはピンクのワンピースを着たマネキンが立っていたって。それで車を停めてデパートに入ると、そのワンピースを買って帰った」

「まあ、素敵な方。羨ましいわ」

と美子が言って、美土里は反論する。

「でもわたし、昔からピンクの服は着たことがないの。それも彼は胡坐《あぐら》をかいて亭主風を吹かせて、そんな服を着たわたしに、前を向け、後ろを向け、ぐるっと回ってみろ、なんて言うの」

「ああ、わたしなら回ってあげるわ。何回でもね！」

「わたしは嫌よ」

そのとき美土里はいつもの夫婦喧嘩を思い出した。


家に帰り着いたのは夕方六時過ぎくらいだった。

春とはいえ坂の町は黄昏れてぽつぽつと灯りのともった家がある。門扉の鍵を開けて二階の玄関へ上がろうとしたとき、美土里はくるりと踵《きびす》を返した。一階の車庫のシャッター脇に新聞受けがある。夕刊を取って行こうと思った。

門扉を入るとそこは二階へ上がる階段と、一階の駐車場へ降りる階段がL字型に曲がっていた。コンクリートで固めた階段は鉄柱を芯に入れた段差の高いものである。美子から貰った置時計と買物袋を床に残して下へ降りかけたとき、ふわりと片足が宙に浮いた。

アッと声が出て横ざまに体全体が宙に放り出された。タブノキの繁みと鉄の手摺と階段がガラガラッと回転して、夢を見ているように勢いよく跳ね上がった。コンクリートの冷たさが美土里の背に突き刺さった。

どのくらい経ったろうか。

美土里はうっすらと眼を開けた。投げ出した自分の両手の先にコンクリートの床があった。頭を動かすことはできなかった。横向きに倒れたままの姿勢で眼を動かすと、犬舎の戸口がそこにある。タブノキが夕闇に沈んでいた。しばらくじっとそのままでいた。

やがて床の冷たさが耐えられなくなり、首と肩を持ち上げた。痛みに呻《うめ》きながら門扉の方向を振り仰ぐと、五段ほど階段を踏み外して床に落ち、その勢いで二転、三転してここまで転げてきたようだった。どうする？　自分に問いかけた。このままもう少し動かないでいよう。

庭は少しずつ闇に呑まれていく。

美土里は呻きながら上半身を起こし、それからまたしばらくじっとして、また呻きながら下半身を動かした。手と足は何とか無事のようだった。左脇から背中にかけて鉄の塊を差し込んだように動かない。両手を突いてやっと体を起こすと、時計や買物袋をその場に残して階段を這い上がる。

家の鍵をどうやって開けたのか、中に入って次に何をしたのか、美土里の記憶は吹っ飛んでいた。思い出せたのは携帯電話から流れる佐衣子の声だった。その日は夜勤で病院のナースステーションにいた。

「救急外来に行くのはやめた方がいいわ」

と、周囲に気兼ねした低い事務的な声だった。

「コロナ禍の最中で、外来の受付はコロナ患者と一緒になってしまう。その声の調子じゃ骨折はしてないと思う。今夜は家で安静にして眠ること。月曜日の朝、整形の専門病院に行くことにして」

「でも、痛いのよ」

「本当に骨折してたらそんなにあれこれしゃべれないの」

と、あくまで冷静な佐衣子の声だ。美土里はあれこれとずいぶん一方的に佐衣子に訴え続けていたようだ。今はコロナを避けることが先決だと言う。夜間の救急外来に行くことは諦めた。

翌朝、山城教子に電話すると驚いて飛んできた。週明けに小倉の整形外科病院に連れて行ってもらうことにした。そこは寛宣がリハビリのために転院した専門病院である。入院の予約がびっしりと詰まっていることで有名だが、とにかく行ってみようということになる。

月曜日、入口でコロナの体温検査を受けると、時実美子と初めて会ったあの受付の前に立った。やはり外来患者の人影は絶えている。左脇と左の背中と、両手、両足のレントゲン画像を撮って、診察室に入ると老院長がひっそりと待っていた。それから画像を丁寧に見る。

「骨折はどこにもないですね」

と言った。美土里は思わず溜めていた息を吐いた。

「打ち身は相当強いですが、骨折がないので貼り薬と保護ベルトを出します。それで当分様子を見てください」

看護師が脇と背中にベルトを締めてくれる。

「本当に折れてないですか」

「折れていませんよ」

廊下に出ると待っていた教子が飛びついて、

「折れてました？」

「ううん、折れてないって」

二人はまだ信じられなくて顔を見合わせる。

美土里は更年期をとっくに過ぎて老年期の女である。普通この年齢は女性ホルモンの減少で骨密度が下がってしまう。畳の上でつまずいて骨折するような話も珍しくはない。

「そういえばわたし、今まで骨粗鬆症《こつそしょうしょう》の検診もしたことがないの。考えたこともなかった」

　転んだことも、骨折の体験もない。閉経の頃、まわりの女友達が骨密度の話をしていたが耳も貸さなかった。今さらながら美土里は茫然となる。

　閑散とした病院の駐車場を出る。

「そういえば美土里さんて、確かに骨っぽい感じですね」

　とハンドルを握って教子が少し笑った。

「ということは、わたし、男性ホルモンが多くて、女性ホルモンが少なそうって感じなの？」

「そんなところでしょうね……」

　教子はまずいと思ったのか、急に朗らかな高い声に戻り、

「でも、あたし美土里さんのそんなとこが好きですよ」

　と言った。

「だって、女々しい女性より、ハッキリした方が好感持てますもん」

「つまり雄々しい女ということね」

「そうです。美土里さんの逞《たくま》しさはあたしの理想です」

　とんでもない、と言いかけて美土里は思わず言葉を呑み込んだ。ハンドルを握った教子

の横顔の眼がうるんでいた。ハッと『地獄草紙』を見にきた日のことを思い出したのだ。悪性腫瘍で逝ったMの話。教子はまだ死んだ彼との過去を乗り越えていないのだ。

二人はしばらく言葉もなく前方の道を見つめていた。

「ありがとうね、教子さん。これまでずっと助けてくれて。あなたがいてくれたからこそ、わたしは雄々しく女をやってこられたのよ」

「美土里さん。いつまでもあたしのお手本でいてください」

門司駅の人通りを分けて車は坂の町を登って行く。追いかけるように長い船笛が流れてきた。

その後の一か月間を美土里はどうやって暮らしたか、記憶がまだらに飛んで、まとまって思い出すことができない。辛いことだけは覚えている。寝室には二台のセミダブルベッドを置いていた。寛宣は小柄なくせに何でも大きなものが好きだった。セミダブルのベッドは横幅が広くて、一人がいなくなっても片付けようがなく、そのまま残してある。

おかげで美土里はベッドに入るときはまだしも、ベッドから出るときに難渋した。うつ伏せになって藻掻きながらベッドの端まで体を移動させねばならない。そうしてたどり着いたベッドの端から、足を片方ずつ床に降ろし終えるまで何度かうめき声をあげねばならなかった。

　さいわい美土里が眼を付けたのは、リビングに置いた四人掛けのソファである。患部の左脇と背中を上にしてそろりと横たわると、座面の奥行きがうまく合って寝起きがらくになった。当分、ソファは美土里のベッド代わりである。

　次の難関はトイレだった。便器にそっと腰を降ろして用を足した後、立ち上がれない。骨を折るとか、筋肉を痛めるとかいうことは体の力点を失うことなのだ。便器に腰かけて美土里はインドの蛇使いを脳裏に描いた。笛に合わせて、あら不思議、蛇が宙に棒のようにするすると立ち上がる。あんな風になれないだろうか。

　見かねた教子が近くのスポーツセンターで、リハビリ用の杖を買ってきてくれた。美土里はそれで蛇にならなくてすんだ。杖なら寛宣の使っていたものがどこかにあったはず。教子が買ってきた杖をついて、コツ、コツと廊下を歩いて一階の納戸の中を探した。

　黒い持ち手の立派な杖が出てきた。倒れる数か月ほど前から寛宣はそれを使い始めていたのである。寛宣はこんなふうに体に難儀を抱えていたのだ。美土里は寛宣の杖をコツ、コツ、とついてリビングを歩いてみた。可哀そうにと胸がつぶれる。

　弱音を吐かず、ここが辛いとか痛いとか一切何も妻に言わなかった男。なぜ打ち明けなかったのか。風呂に一緒に入っておれの体を洗ってくれとか、ズボンを漏らしてしまったから穿き替えさせてくれとか、そんな切実なことを妻にも頼まず倒れてしまった男。最期までカッコ付けて死んだのだ。だが美土里はおかしなことも思い出す。寛宣は言うべきことを言わない男だったが、普通の男なら口に出さないことを平気で言ってのけた。美土里はソファに横たわって、二十年かそれ以上も昔のあの日のことを思い出した。

母親がまだ書店をやっていた頃、アメリカの書店との交流会に代理で出かけたのだった。英語が不得手だと言って母親の友達の女店主の大方は、女店員を代わりに出した。美土里も大喜びで一週間の旅に出た。旅支度にデパートへ肌着を買いに行ったときのこと。

寛宣も腕時計のベルトを買い替えると言って二人で出かけた。六階の女性の下着売り場にエスカレータで上がると、奥に時計と眼鏡のコーナーがあった。

「何を買うんだ」

と寛宣が聞く。

「ブラジャーを二枚」

美土里は小声でそっと教える。

下着売り場では薄物の夏のスリップやショーツが出ていた。気に入ったスリップを何枚か選んで、鏡の前で胸に当てながら色味を見ていると、どこかで寛宣の声がしたようだった。ドキッとして声の方を見た。

誰の眼も気にしない呑気な寛宣の声だった。

「おぅーい！　ここにブラジャーがあるぞォー」

売り場一つ向こうから、ヒラヒラと彼の手がブラジャーを振っていた。旗みたいに高く揺れているのは薄いピンク色のブラジャーだった。恥もてらいもなく本気で教えていた。女性客が振り返っている。

美土里は思わず立て鏡の裏に隠れた。あのときブラジャーをうち振った男と、風呂で自分の体を洗ってくれ、と妻に言えなかった男は同一人物なのだった。

昼下がりのソファに寝て、今はもういなくなった夫のことを思い出す。それから美土里はうとうととした。

夢とうつつの境に浮いているようだった。体が何処とも知れないところへ降りて行く途中かもしれない。または、何処とも知れないところへ昇って行く途中かもしれない。

ふっとタブノキの枝が眼の隅に映った。コンクリートの階段の鉄の手摺が見えている。あの一瞬の自分に戻りたいと思った。上も下もなく、浮力からも重力からも外れて、ただ、ただ宙に浮かんでいた、あの一瞬に。

上へ昇って行けば誰かに、下へ降りて行ってもやはり誰かに会うだろう。その上の世界と下の世界の中間に、なすすべもなくただ浮いていたその瞬間の美土里の体。

下へ落ちて行けば悲しみが、上へ昇って行けば懐かしい者に会う歓びが待っている気がしたが、どちらに行くこともできない。奇妙な中間に吊るされている。

そのとき遥か上方から声が降ってきた。

「おうーい！　ここにブラジャーがあるぞォー」

何処からか美土里を呼ぶ声がする。


階段を落ちてから苦しい一か月が経った。

パソコン教室は二回休んだ。六月の教室に杖をついて行くと、十鳥辰子がそばへきて手を差し伸べた。普段元気な美土里の杖をついた姿に驚いていた。体をねじらないように真っすぐ歩かねばならない。左足もくるぶしを打っていたが、底の厚いウォーキング・シューズを履くと痛みが少し和らいだ。ひと月もすれば日にち薬で、強打した背中の痛みも軽くなるだろうと医者は言う。

六月に入ると、山埜くら子から携帯に電話が掛かってきた。

手作りの干しタケノコを送ると言う。美土里は言葉に詰まった。タケノコどころではない。歩くのがやっとで台所仕事などとてもできない。駐車場の階段を踏み外したことを打ち明けると、くら子は黙った。美土里の家にきたことがあるので、段差のあるコンクリート階段の高さを知っている。

「あそこから落ちて骨折がなかったのは、きっときっとご主人様が下から抱きかかえられたんでしょうね」

くら子らしい慰めに、美土里は思わず胸が熱くなった。

「最近、何だか足元がふらふらして力が入らなかったの。歩くと頼りない感じがしてたところだった……」

と打ち明けた。自分でも気になっていたときの怪我である。

「そういえば、夫は骨みたいなものですね」

とくら子は妙なことをつぶやいた。

「夫が骨？」

美土里は聞き返した。

「ええ、そんな気がします。夫に逝かれて、妻の体が骨抜きになったっていうか……。うちの山の後家さんたちも、骨を折ったり、股関節がおかしくなったりする人が出ましてね。精神的に参ると、体の中心部がもろくなるんでしょうか」

「中心部……」

「人の体って柱が立っているような形じゃないですか」

転んで骨折して車椅子に乗るようになった後家さんもいるらしい。そう言うくら子自身は、骨ではなくて初期の乳癌が見つかっていた。半年に一度、放射線治療に山を降りている。

男は骨だ、と生きているとき言われると男は良い気分になるだろうが、燃えて遺灰になった後では、骨と言われても柱と言われてもやるせなかろう。

そういえば乳癌の大半は女性ホルモンのエストロゲンの影響で増殖するという。くら子はことに優しい性質の女性で、美土里はどうしても彼女と女性ホルモンを結びつけて考えてしまう。そうして夫が亡くなった後、くら子が後追いでもしないかと、大分市内に住んでいた長男夫婦は山に戻ってきた。勤め先を辞めて彼女のために帰郷したのである。

「今年のお盆は美土里さんのお宅は一周忌ですね」

とくら子が話を向けた。町では一周忌といっても坊さんがきてお経を上げた後は、身内で食事をするくらいである。

「山の方ではいろいろと行事があるんでしょうね」

「お精露《しょうろ》さまを迎えに行きます」

お精露とは九州の田舎の言葉で亡き人の魂のことらしい。

「迎えに行くってどこまで？」

まさかあの世まで行くわけはないだろうが。

「お墓に行って、家に連れて帰るんですよ。背に負ぶってね」

背に負う恰好をして墓から家まで、山道をくだるのだそうだ。そして盆が終わるとまたお精霊さまを背に負うて墓地まで連れて行くのである。

「それは大変ね」

美土里はくら子の住む山の空を思い浮かべた。今は何処へも行けない体だからよけいに彼方の空が懐かしさをそそる。

「そのお迎えの行事を見せて戴きたいわね……」

するとくら子の声がはずんだ。

「おいでなさいませ！　美土里さん。山は旧暦盆で町とは日にちがズレますから、おいでになれますよ。お精霊さまのお迎えをどうぞ見てください」

くら子はどうやら本気で誘う。美土里は山でも海でもどこへでも行きたいと思い始めた。上昇と下降のあの一瞬を振り切って、美土里は動き出したくなった。その前に大事なのは打ち身を治すことだった。


階段から落ちてひと月過ぎると、打ち身の痛みは和らいだが、美土里はまだ正座ができないままだった。佐衣子と亮がやってきた。急性期病院の年季の入った看護師は、母親の転倒くらいではなかなか驚きはしない。

この娘が飛んでくるときは、美土里の命が危うくなったときかと思うこともある。それはともかくコロナ禍のあの夜、救急外来に飛び込まなかっただけでも良かった。

佐衣子は美土里が杖なしでゆっくり歩く姿を眺めながら、

「お父さんの初盆はどこかお寺を頼むの？」

と尋ねる。亮も座り直した。二人はその話できたようだ。

「初盆の翌月は、すぐ一周忌ですからね。お寺を探して早めに予約しておくか、それともネットでお経を頼みましょうか」

亮がそんなことを言う。インターネットで調べてみると、檀那寺《だんなでら》を持たない家の初盆にはネットによる申し込み法があるらしい。数軒の寺院の名前が記載されていて、オートバイでお経を上げにくるというのである。

「お坊さんの派遣員……」

美土里は唖然《あぜん》とした。金糸銀糸の袈裟を着けた僧侶の一団が、バイクに乗って派遣先へ飛び出して行くようだ。乗り物がバイクだから若い僧侶たちではないのか。

「もう一つ別の方法もありました。お経のテープを貸し出すんだそうです。コロナ禍にはこれがピッタリだと言って流行ってるらしいです」

美土里と佐衣子は黙って顔を見合わせた。テープに録音したお経を聞いたのは二匹の犬たちの葬式のときだった。スイッチを係員が入れて『般若心経』が流れたときは、寛宣も美土里も涙を拭いたものだ。何とか人間に近い弔いを出してやることができたという涙だった。

コロナ禍の法事ということを差し引いても、これはこの世の進歩進展というべきか、衰退現象というべきか。

「そのほかにはないの？」

美土里が聞くと、亮と佐衣子はちょっと口をつぐんでうなずき合ったが、口を切ったのは亮だった。

「最後にはこんな方法がありました。自分たちでお経の練習をして本番をやる」

「本番って、お坊さんのように経文を読み上げるの？」

「そうです。シロウトは当然下手だけど、テープより家族のなまの声ですから、一番心がこもっているんですね。ぼくらで声を合わせて一生懸命に唱えれば、お義父さんだって喜んでくれると思いますよ」

そうかもしれない、と美土里は思った。

「やっぱりバイクで駈け付ける坊さんより、お父さんは喜んでくれそうよね」

と佐衣子も言う。

「ただそのためには何回かぼくらで集まって練習する日にちがいります。当面は佐衣子ちゃんの病院のシフトに沿ってやるしかないけど、その練習の努力もお義父さんへの回向《えこう》になるかもしれませんね」

すんなりと三人の意見がまとまった。後は何のお経にするかが問題である。初盆には寛宣の会社を継いだ義弟やゴルフ仲間の弔問客がくるだろう。内輪らしい心のこもった初盆と一周忌をやり遂げたかった。

話が一段落すると三人で久しぶりに寿司を取ろうということになった。亮がコンビニを何軒かまわって寿司弁当を買ってきた。亮は自分の分の缶ビールを買ってきた。帰りは佐衣子が運転する。美土里はまだアルコールは医者から禁じられていた。

この時期にコロナに罹《かか》って亡くなった故人は、葬儀の際も柩の蓋を開けて顔を見ることさえできないという。

「お父さんの場合は、良かったと思わなくてはね……」

病院で連日、患者の死を見ている佐衣子がつぶやいた。

その夜。初盆のことで時実美子に電話を掛けた。

寛宣より時実氏は半月ほど前に亡くなっていて、初盆も一周忌も今年の夏に同じように迎える。

美子は少しためらいがちに答えた。

「うちは何もしないいんですよ」

何もしない……。ほんとに？

「夫は無頓着な人でしたから、葬式も何もいらないって、普段から言っていたんです」

時実氏ならそうかもしれないという気がした。それも似合っていると思えてくる。時計職人の夫と妻が迎える初盆だ。

「ただ夫はそう言うけど、親兄弟の手前そんなわけにはいかなくて、小さなお葬式は出したの」

一生を時計の針を見つめて暮らした時実氏は、生前、自分の死についてどんな考えを持っていたのだろう。

「ええ……、夫が亡くなって店の帳簿の整理をしてるとき、税理士事務所に出す総勘定元帳に挟まった、一枚の紙切れを見つけたの。彼の筆跡だったわ」

Ｂ５のコピー用紙に漢字の列が並んでいて、ひと目でお経をペン書きで写したものだと分かる。いったいいつ頃書いたのか。本人は脳梗塞だったから、倒れてからはそうした準備をするひまもない。文字列は七行ほどあった。

「インターネットでその経文らしきものを一字一字打ち込んで検索してみると、画面にお経のタイトルが出てきてびっくりしたわ。有名な法華経の一節だったの」

「葬式も不要と仰ってた方が、お経の文句とは不思議ね」

「ええ、法華経が書いてあった」

美子はネットに出てきた経文を書き写すと、その夜、一人でそろそろと躓《つまず》きながら読み上げてみたという。

「お経を読んだことあるの？」

「いいえ、いいえ、とんでもない。まるきりの初めて。でも、お坊さんの読経、いつか、どこかでみんな聞いたことがあるじゃない？　それを思い出してそんな調子で読んでみた」

電話の声がクスッと笑った。

「聴くのは死んだ夫ただ一人だものね。あなた、聴いてるの？　って。だんだん大きな声が出たのよ。今思い出しても、あの時は我ながら感動してしまったわ。よかったと心から思ったの」

美子はスッキリした声になった。

「だから初盆はこれでやります」

やるというのは唱えることだろう。お経のタイトルは『妙法蓮華経　如来寿量品《にょらいじゅりょうほん》第十六』というものだ。

美土里はそれを聞いて書き取った。

電話を切った後でパソコンを開くと、美子がしたように経文のタイトルの漢字を打ち込んでいく。パソコンの操作は慣れているが、今までこんな文字を打ったことはない。

インターネットといい、ｉＰａｄといい、スマホといい、溜息が出るのは、電気仕掛けの躊躇《ためら》いのなさだ。何も勿体ぶらずに、迷いなく、経文の画像が滑るように出てくる。まさに整列である。美土里はそれを見ながら考える。

時計職人の時実氏が書き写した経文なら、機械の図面屋の寛宣にだって、まったく合わないこともないだろう。ゼロの概念を生んだというインドで起こった経文は、気が遠くなるほどの時間を取り込んでいる。寛宣の数字の計算だって当時のコンピュータに収まらなかった。

形而上と形而下の好きな男二人に、妻たちが初盆の供養に『法華経』を読んで聴かせる。いいではないかと美土里は独りうなずいた。

第七章

一回目の読経の練習は六月半ばの日曜だった。

美土里が庭の階段から落ちて五十日が経っていた。時実美子は一人だからいいが、美土里の家は三人で声を合わせなければいけない。玄関脇のカラッポの車庫に久しぶりに車の入る音がして、

「コンチワー。お邪魔しまーす」

婿の朗らかな声が玄関に響いた。

子どものいない夫婦は未婚のカップルに見えなくもない。佐衣子は淡い青のレースのワンピースで、いつまでも娘みたいな服を着ている。亮は代わり映えしないユニクロの半袖ポロシャツで、着るものに凝った寛宣とは正反対だ。

佐衣子は父親と性質が似ているが、亮は身なりを構わないので、お金も手もかからず、性格も寛宣みたいに粘着質でないから、扱いやすい夫を佐衣子は持ったものである。よく

できた夫というのは性格も穏やかで、妻に文句や恨みを残させることなく、死なれてみると妻が立ち直りやすい存在ではないだろうか。

リビングに入った亮は、食卓の椅子に着いた。美土里は冷えた缶ビールを出してやる。車の運転は佐衣子がするので亮は安心して飲めるのだ。

仏間に入ると美土里がコピー用紙を配った。佐衣子夫婦には座布団を持ってきて、美土里は自分用の低い腰かけ椅子を持ってくる。他の部屋はすべてフローリングでテーブルには椅子が付くが、仏間は畳敷きで美土里は足の低い椅子を使わねばならなかった。

三人でしばらく黙って紙に印刷された経文の文字に眼を通す。最初の行は、自我得仏来、の漢字の横にフリガナがずらりと添えてある。じーがーとくーぶつーらい、と読む。漢字は眼に入れずに、フリガナだけ読み取っていく。

それから亮が前に進み出て導師の役になり、後ろに佐衣子と美土里が並んで読み始める。亮は野太い声を張り上げた。寛宣のことが好きな婿だから、声の大きなぶんだけ故人が喜ぶと思っているようだった。

「じーがーとくーぶつーらい
しょーきょーしょーこっしゅ

むーりょうーひゃくせんまん」

佐衣子も背筋を立てて、コピー用紙を両手に捧げ持って唱えている。つい真剣な地声になっている。美土里は娘夫婦の普段は聞いたことのない声に思わず胸が熱くなった。読経に気持ちの入らないのは美土里だけだった。

「おくさいーあーそうぎー

じょうーせっぽうきょーけ」

我は仏となって以来、衆生《しゆじよう》に法を説くため長い「劫《こう》」を経巡った、という一節がある。時実氏は法華経のこの文言に魅かれたのではないかと美土里は思う。ここでは仏は時間というものについて語っている。美子がメールで送ってきた解説によると、「劫」とは天女が四十里四方の大岩を百年に一度、着ている衣の袖で払い、そのために岩がすり減って岩の跡形がなくなってもまだ終わらない時間だという。仏教を生んだ古代インドの時間というのは面白い。たとえば、その一つに「由旬《ゆじゆん》」という語がある。「一由旬」は、牛車が一日に進む距離をさす。

けれどこれはおかしな基準である。車を牽《ひ》く牛には個体差があり、足の速い牛ものろい牛も、若い牛も年寄りの牛もいるだろう。そんな牛の歩みの「一由旬」や、岩山の大きさの四十里という説、三十里、十六里などとする説もあるのである。これもいたって曖昧《あいまい》だ。精巧な手仕事に生涯をかけた時計職人の時実利春氏は、こんな曖昧模糊とした時間を形容する経文に、ある日、ふいに心を留めたのだ。

「おーあーそうぎーこうー
じょうーざいーりょうーじゅーせん」

我は「阿僧祇劫《あそうぎこう》」の長い間、霊鷲山《りょうじゅせん》にいて仏の法を説いていた……。仏身のお釈迦様が我が身を振り返って語る。

婿の亮が調べたところによると、この「阿僧祇」もサンスクリット語で数の単位らしい。一説に10の56乗とも、10の64乗ともいうそうだ。ガンジス河の砂の数、つまり「恒河沙《ごうがしゃ》」は10の52乗だが、それの一万倍の10の56乗ということになっている。そのややこしさの結論から早くいえば、「阿僧祇」とは世界の巨大数の上位クラスで、その上にはもう10^{60}の那《な》由多《ゆた》と、10^{64}の不可思議《ふかしぎ》と、10^{68}の無量大数《むりょうたいすう》しかないのだった。恐るべき数の世界を包含し

た経文を唱えながら、

……まずかったかな。

と、美土里の声は細くなってくる。

あのアラスカの原油積み出し港に寛宣たちが建造した鋼鉄の巨大桟橋。あれを思い出した。平行線はどこまで行っても交わらない。ユークリッド幾何学の原則だ。視覚や感覚のみで地上の構造物は造ることができないと威張った寛宣である……彼がこのお経を聞いたら何と言うだろうか。供えた酒のグラスをぶち撒けて怒り出さないか。

「観念を言うな！　概念を言うな！　実数を持ってこい！」

「うーまんーだらけー
さんぶつぎゅうーだいしゅうー
がーじょうどーふーきー」
けれど美土里は唱え続けているうち、光を浴びるような恍惚とした心地になってきた。
あなたも聴いて……。
天は曼陀羅華の花を諸菩薩と衆生にふりそそぐ。我が住む仏国土は永遠に毀れることはない。いえ、待って。寛宣は美土里たち三人の調子外れの法華経を聞くより先に、もうこの世から遥かにかけ離れた「阿僧祇」の大空間で、ふわふわ漂っているかもしれない。そこはもはや光だらけで形や重力のない世界であろう。

もしそこに寛宣がいるとしたら、彼の体には輪郭がない。顔も、手も、足も、肉体も、ない。眼も、鼻も、口も、ない。

そこで美子の夫の時実利春氏に出会ったなら、時実氏の体にも輪郭がない。そして同じ世界に在るもの同士、彼も顔がなく、手がなく、足がなく、肉体も、ない。眼も、鼻も、口も、ない。

二つの光の暈《かさ》のように宙に浮いて、わたしたちの下手な読経を聴いているだろうか。どうなの？　あなた。

チリーン、チリーン、チリーンと鉦《かね》が鳴って美土里は掌を合わせたまま、顔を上げた。

「やったね」

「やった、やった」

と佐衣子と亮が言い合うと窓のそばへ這って行き、痺《しび》れかけた足を投げ出した。美土里も息をついて膝を崩した。

「どうだった？」

と美土里が聞いた。

「やァ。すがすがしい。こんな気分初めてですよ」

読経のままの高い声だった。

「佐衣子は？」

「あたし、お父さんと飛んでたみたい……」

と佐衣子は答えた。

「暗い空をビュウビュウ飛んでた。すぐ隣にぼうっと光の塊があったから、すぐお父さんだと分かった」

言いながら泣いている。感受性の強い子だから、と美土里は思う。うなずいてやった。

「お義母さんはどうでした？」

と亮が足を揉みながら聞いてきた。美土里は考え込んだ。

「わたしはどこか地上の広い所を歩いていたみたい。ガンジス河のほとりとか……」

美土里は本当に遠い所へ行ってきたような気がした。


佐衣子と亮が帰った夜。

仏壇の前に座り、美土里は蠟燭の小さな炎を見つめていた。

経机の上で燃えている蠟燭の小さな炎である。毎朝仏前に供えた水を夜に下げる。そのとき美土里はなぜか蠟燭の火をまじまじと見つめてしまうようになった。眼に沁みる赤さで燃えている。

今夜もゆらゆらと揺れ続ける火を見て思うのだ。

この火の正体は何だろうか。息づくように揺れて動きやまないもの。ここに確かに在るようで、消せば瞬時に無くなってしまうもの。佐衣子がまだ幼かった頃、美土里の祖父が亡くなって一周忌のときだったか、佐衣子に尋ねたことがある。

「ひいお祖父ちゃんはどこに行ったのかしらね……」

すると祖母の膝に座っていた佐衣子が、小さな手の指で仏壇の蠟燭の火を指して、

「……あそこ」

と答えた。みんなそっちを眺めた。幼い子どもの指には暗示的な力がこもっている気がした。暖かい蠟燭の火の色を見るとなぜか居心地良さそうに見えたものだ。美土里は毎晩、寛宣の仏前に灯明を上げると、あのときの佐衣子の答えがいちばん正しいように思える。今、ここに燃えているのは一つの魂ではないだろうかと。

美土里はふと誰かに尋ねてみたくなった。今日は日曜の夜だが山城教子は浄厳寺の自分

の部屋にいるだろうか。思い立つととっさに指が動いて携帯で電話を掛けた。すぐ彼女の声が流れてきた。車の通り過ぎるような音も近くに流れる。

「今、外ですか?」

と美土里が聞く。それなら切ろうかと思うと教子の普段と変わらない声が響いて、

「今、ぶらぶら歩いてるところで、電話、オッケイですよ。どうぞお話しくださいな」

その声に誘われるように美土里は言った。

「それじゃちょっとお尋ねしていい? 今、わたし、仏壇の前で蠟燭の火を眺めているところなんですが……」

「蠟燭の火ね。何だか難しい質問が出そうな気配ですね。あたしに答えられるでしょうか」

教子がクスクス笑っている。

「ねえ、蠟燭の火が燃えるのって、学校の理科で言う『現象』ってことじゃなかったかしら?」

「ああ、そうですね。空気中の酸素が物質に化学反応を起こして、熱や光を出す現象ですね」

教子は理科の教員みたいに答えた。

美土里はちょっと息を継いで、

「ねえ、ヒトが死ぬのも現象というのかしら?」

教子が黙る。美土里は真剣だった。

「そうですね。人が生まれるのも、死ぬのも現象の一つだと思いますね」

それから教子の声が改まって、

「今、あたしの隣にそんな学問の専門の人がいます。ちょっと代わりますから何でも尋ねてください」

一人で歩いていたのではなかったのだ。携帯からすぐ、今度は若い男の声が流れてきた。

穏やかな人物らしい響きだ。

「現象のことをお尋ねですか?」

と聞いてくれる。その声に美土里の心がほどけた。

「あのう、人間が生きていることも現象なのでしょうか」

大のおとながおかしなことを聞くと思うだろう。けれど相手の声は変わらず答えてくれた。

「そうですね。生きていることも単なる現象です」

「……単なる、現象ですか?」

美土里は少し引っかかって聞き直した。ヒトの生と死を単なるというような言葉で一括りできるのだろうか。

「そうですね」

と男の声は変わらず穏やかである。

「ヒトもその他の生物も植物も、地球も太陽も、みんな大きなサイクルの中の現象として、それぞれ組み込まれています。だからどれもが特別な存在としてではなくて、単なる現象として存在していると思います」

彼の言い方はこれ以上ないくらい、こだわりのないさっぱりした印象だった。

「ヒトが生きるのも死ぬのも、そのサイクルの中の一つの現象です。それ以上でも以下でもないと思います」

美土里はうなずいた。

わかりました、それだけで充分です、と言いたかったが、その声が喉に詰まった。あれだけ苦しんで、生きようと最期まで頑張って、それが叶わずに死んでしまった寛宣が哀れで、美土里は嗚咽が洩れかけた。

「……それでよろしいでしょうか」

と電話の温かい声が聞く。

「はい」

と答えたまま美土里は後の言葉が出なくて電話を切った。教子に代わらないまま切ったので後悔したがもう遅かった。


冷え冷えとした気持ちで美土里は風呂に入った。

そして湯から上がると、リビングに戻って酒の代わりにジャスミンティを淹《い》れていると、教子から携帯に電話が掛かってきた。帰宅して掛け直してきたようである。

美土里は電話を取るとすぐに謝った。

「勝手なときに電話して、また勝手に切っちゃってすみません。お連れの方に、わたし恥ずかしかったわ」

教子もまた終わりまで詫びを言わさない。

「こちらこそごめんなさい。すみませんでした。わたし、彼と電話を代わるとき、美土里さんのこと、ご主人亡くした方だって、知らせるべきでした……。単なる、なんてひどいことを言わせて。彼も後で美土里さんのことを知って後悔していたわ」

けれど美土里はその言葉に傷付いたのではない。ただこの世界がそんなふうに、彼の言うように出来ているのが辛かった。

「美土里さんによくよく謝ってほしいって。カイジマさんがそう言ってたの。許してあげてね」

そもそも教子と彼とはどんな付き合いなのだろう。美土里はそれが気になった。電話の穏やかな語り口が耳に残っている。

「カイジマさん?」

美土里が聞くと教子はさらりと答えた。

「ええ。貝はホタテ貝とかアサリ貝とかのね、貝の島。彼の妹さんは浄厳寺幼稚園の年少組の先生です」

聞くなり美土里は、団子虫経のあの愉快な経文を思い出した。

「そのお兄さんの貝島さんはどんな方?」

と美土里もさらりと聞いた。

「大学の物理の学者さん」

どうりですらすらしゃべっていたはずだ。

「彼からね、後で美土里さんによく説明してあげてくれって頼まれたの。彼はこう言うの。この世の現象は誰も責任を負う者がいないんだって。もっと大きく言えば造物主とかそんな存在がいない限り、世界に起きることは何もかも、単なる現象としか言えないって……」

教子は思い出すようにゆっくりしゃべる。聞きながら美土里は温かいお茶で喉を潤した。

「人間の亡くなり方は様々で、美土里さんのご主人のように苦しんで亡くなることもあるし、生まれてたった数日しか生きることができなくて死んでいく赤ん坊もある。星が満天に光るのも、太陽がやがて爆発するのも、地球に終わりがくるのも、それらは大小の無数の現象の一つにすぎないって」

地球は物理の法則で回っていて、人間の幸不幸で見るものではないようだ。戦争で死んでも、病気で死んでも、一つの現象に違いない。ただ鉄砲の弾が当って死ぬ現象と、癌が広がって死ぬ現象の違いがある。鉄砲で死ぬのと、大砲が炸裂して死ぬのと、原子爆弾で石に人影を焼き付けて死ぬのとの違いがある。世の中には夥《おびただ》しい現象が起こっている。悲しんでもキリがなく、喜んでもキリがなく、怒っても、呪っても、キリというものがない。

美土里はそう思うと少し胸のつかえが下りる気がした。

「帰り道でね、貝島さんは面白い話をしたんですよ」

教子は声の調子を変えた。

「燃焼の話です。ほら、新聞紙にライターで火を点けると、アッという間にめらめら燃えて灰になってしまうでしょう。それが最も速い燃焼だそうです」

ふと貝島と教子は似合いのカップルかもしれないと、美土里は聞きながら思った。会ったこともない貝島だが、声の響きでそう感じてしまった。それとは知らず教子は楽しそうに話を続ける。

「ところで美土里さん。とても遅い燃焼ってどんなものだって思いますか」

わからない、と美土里は首を横に振った。小学生の頃から理科は苦手だ。

「それはね、鉄の釘が錆《さ》びるようなものですって」

「鉄が錆びる？」

「物が燃えるのも、鉄が錆びるのも、つまりは酸化作用なんですね。ただ鉄釘が錆びるときは光や火は出ません。とてものろくて弱い燃焼の仕方だって」

よく考えると中学の理科で習った気もするが、おとなが人生に引き付けて聞くとなかなか面白いと思う。教子のこんな楽しそうな声は聞いたことがない。美土里は何となく嬉しくなった。

「ではあともう一問です」

と教子がクイズのような調子で言う。美土里はティーポットにお湯を注ぎながら聞いた。

「新聞紙が燃えるのと、鉄釘が錆びるのと、それよりもさらに物凄く時間のかかる燃焼の仕方がこの世にはある。さてそれはどんな燃焼でしょう？」

美土里は黙った。まるで想像できない。

「わかりませんか」

「ええ」

「それは人が呼吸することです」

まさか、と思わず美土里は声に出した。

「人間は燃えたり、錆び付いたりなんてしないわ」

教子がそれに返した。

「人間の燃え方は肺呼吸ですって。あたしたちは空気中の酸素を鼻と口から吸いながら、ひと息、ひと息、時間をかけて燃えていくんです。つまり体がゆっくりとのろく錆びていくんですって。これが老化という現象で……、人体の酸化ですね」

「待って」

と美土里は言った。人は生きるために呼吸をしている。それが錆びていくはずはないだろう。

「呼吸することで、寿命を縮めていくなんてあり得ないわ」

つまり生きながら、死んでいく。あり得ない！

「ええ、だから呼吸しながら生きていって、やがてだんだん年を取って老いていくんですって。活性酸素は体を害するから、スポーツをやりすぎると体によくないって言うでしょう」

なるほどと美土里はうなずいた。

教子はクスクス笑って、

「それで、あたしは彼に言ったんです。長生きのコツが分かったわ！　つまり少しだけ息を吸って、スポーツなどやらずに、そろり、そろーりと最小限に体を動かして生きたら、体は酸化することなく、二百歳くらいまで生きられるかもしれないって。すると貝島さんは笑って、そうやってケチケチ生きてると致命的な酸素不足になって、体中に血液も回らなくなり、アッという間に死んでしまうだろう！」

夜更けの電話で美土里と教子は笑い合った。

七月第一週のパソコン教室の日。

いつものように教子の車が迎えにきた。

「こんにちは」

と教子が言う。

「いつもありがとうございます」

と美土里が言う。運転席と助手席に二人並んで座って、二人とも次の言葉に迷う。貝島という人物を介して、何も聞かないというのも変だが、何を聞けば当たり障りがないのかそれも悩ましい。

初夏の陽射しが眩しかった。

「こないだのお話とてもためになったわ。ありがとう」

と美土里は礼を言った。美土里は貝島という青年を気に入った。

「また面白いことを聞いたら、美土里さんに知らせますね」

そういえば最近の教子の笑顔には曇りがない。貝島のおかげだろうか。

教室に入ると、十島辰子が句集のゲラの束をバッグから出していた。いよいよ刊行が近づいたようである。辰子のゲラは本にする原稿を自分で活字に打ったものだ。表紙はまだできていないが、ほぼ完成形らしい。最初は三百冊を刷るという。一頁に俳句が三つ並んで、全体の三分の一には随筆を入れる。

「俳句の本は贅沢だね」

と学生たちがひそひそと言い合う。

蓮《はす》ひらき二万由旬の地獄池
待つ人の影舟でくる三瀬川《みつせがわ》

花か火炎か地獄の門があかあかと

一頁をこの三行の句が占めるから贅沢である。

「三瀬川って何のことですか」

と学生が聞いた。美土里も知らない。

「三途の川のことよ。そこは罪の深い者が渡る深瀬と、普通の者が渡る浅瀬と、善人だけが通る橋の三つがあるんです。それで三瀬川とか三途の川と呼ぶんです」

と辰子が説明する。

「地獄って面倒くさいね」

と学生たちがまたささやき合う。

教子も尋ねた。

「二万由旬って、何のことだったかしら」

「ああ、ここでは地獄の深さを言います。地獄の底は物凄く深くて、地下二万由旬とも、三万由旬とも言います。一由旬は七キロメートルとも十キロメートルとも言われているので、計算すると底まで墜落するのに二千年以上かかるそうです。そんな地下世界といえばいいかしら」

学生たちは辰子にかかると、面倒でヤバイという顔になる。

インドで語る『時間』は『永遠』と同じ意味であるようだ。辰子の好きな地獄はそんな地球の底の底にある。

地上からそれほど深く閉ざされた地獄の絵に、桜の花が咲き、丘があり、川が流れていたりする。美土里はだんだん可笑しくなってきた。

「でも辰子さんの俳句では、閻魔庁の前に桃の花が咲いてたりしますよね。地獄絵なんかにも山あり川ありで、そこは昼間のように明るくて、とても二万由旬の地の底とは見えませんが」

するると辰子はしきりにうなずいて笑みこぼれた。

「ええ、ええ、そうですとも。わたくしの想う地獄には地底の太陽が燦燦と輝いて、地底の大海原が広がっているんですの」

辰子の脳裏にはもう一つのこの世があるようだ。

教室が終わるといつものように『時知らず』へ寄った。

コーヒーが運ばれてくる前に、辰子が改まって頭を下げると、みんなに一つの頼みごとを切り出した。

「遅れておりましたわたくしの句集は、今年十二月の刊行と決まりました。それで句集のあとがきを記すことにしたのですが、最後の頁に皆様の地獄の一句を頂戴できればと思います。わたくしの人生終盤のお友達として、記念に皆様方のお作を戴きたいと思っている次第でございます」

つまり献歌でなくて献句というのだろうか。

美土里は作句に自信はなかったが、面白い提案だと思うのだった。ちょうどコーヒーを運んできたオーナーの美子が、その話を聞いていたようで、

「あのう」

と辰子に尋ねた。

「わたしもそのお仲間に入れて戴けるのでしょうか」

「はい。そのつもりでここへきてお話をいたしましたの」

美子はコーヒーを置く手を止めて、

「嬉しいわ。頑張ってみます」

思わぬ宿題ができて、『時知らず』のテーブルは一気に賑やかになった。片隅では教子が困ったような表情でコーヒーを啜っている。


独りの夜の刻だった。

美土里はおそるおそるグラスに冷酒を注いだ。

今日で外の階段から落ちてまる二か月になる。背中の打ち身はとうに治り、脇の骨も異状ない。ただ左のくるぶしだけは今も仏壇の前に正座すると違和感があり、低い座敷椅子に腰を降ろしている。寛宣の友達は足を骨折して一か月後、また酒を飲むようになったという話を思い出す。

美土里の場合、骨は折れていない。しかも二か月を過ぎている。もう大丈夫ではないか。誰にともなく言い訳をして仏壇にも供え、自分のグラスに六分目ほど注いで喉を通す。書庫から持って上がったC社の『地獄草紙』を、リビングのソファに座ってちびちびと舐めるように飲みながら眺める。

美土里はその中にある『辟邪絵《へきじゃえ》』の神虫《しんちゅう》が気に入っていた。理由なく亡者を苦しめた鬼を食い殺す。体毛は豹柄《ひょうがら》で、牙の生えた口は虎、背中に羽を持つこの大きな怪獣は蚕《かいこ》絵巻の背景はやまと絵の上品な山を背後に、神虫が前足に血まみれの鬼を摑み、口にはもう一匹の鬼をくわえようとしている。

いつの間にか美土里は、その絵の中をてくてく歩いている自分に気が付いた。やった。どうしたはずみか、絵の中に滑り込んだのだ。神虫の絵を見ながら、いつか一度このやまと絵の抜けるように明るい地獄道を歩いてみたいと思っていた。

天にも昇る気持ち、いや地獄に堕ちる快感。

神虫は地獄の鬼を食うのだから、人間の美土里の味方も同然である。なるほど、蚕の化け物は向こうで血みどろになって鬼たちを食っている。二万由旬の地下に辰子の言う疑似太陽が燦燦と照って、地獄はくまなく陽光に照らされている。

前方から人影が一つ、こっちへやってくる。小柄な男の影が偉そうに両手を振り振り歩いてきた。

美土里はハッとして片手を上げる。

「あなたー。こっち、こっちよ!」

向こうから寛宣が手を振り返しているのである。

二人はそこで合流する。美土里はもつれるように夫にわが身を添わせ、彼と手を繋いで歩いた。久しぶりの寛宣の腕が温《ぬく》い。彼は美土里のなすがままだ。死人にも温みがあるのだと美土里は思う。この世のどこにも繋がらない道だった。人間の絵師が乏しい想像力を以て描いた空間を行くのである。

突然、玄関のチャイムが鳴った。美土里は茫然とソファに起きる。チャイムがまた鳴った。起きろ、起きろッと鳴り続ける。

ハッとして立ち上がった美土里の頭の中から、地獄の山道や、血まみれの神虫、鬼たちや、亡者たちがガラガラとこぼれ落ちる。インターホンの画像に眼をやると宅配便の車が映っていた。

門へ降りて行くと、山埜くら子から干しタケノコの箱が届いている。孟宗竹《もうそうちく》の後に生える柔らかな破竹《はちく》の干し物だ。細くてアクの少ないタケノコで半年はそのまま保存できる。箱の中からくら子の走り書きが出てきた。

「美土里さん。怪我の方はもう治られたことと思います。さぞ大変だったことでしょう。いよいよ季節が変わりました。いつぞやお誘いしたように、今年の旧盆はうちの山にお出でになりませんか。お精霧さまをお迎えする山の行事を見て戴きたいと思います。わが家では先頃亡くなった優しかった姑と、私の夫のお精霧さまを迎えに行きます」

忘れていた。いや、忘れていたわけではないけれど、山の盆は行事が多く、どの家も忙しかろう。そんなときに誘いを受けるとは思わなかった。美土里は以前に聞いたくら子の話をなまなましく覚えている。亡き人の霊を墓地へ迎えに行って、家族が背に負ぶって家に連れ帰るのだ。

それを聞いたとき、美土里はまだ見ていないその光景を一瞬、その場で見たような気がした。姿のない霊を背負って帰る。背負うた人間はどんな感じなのだろう。

干しタケノコの礼と併せて、その晩くら子に電話を掛けた。

くら子はその行事について丁寧に話してくれた。

「お精露さまを迎えに行くのは夕方です。墓所から村まで道なりに電気のコードを張って、点々と電球を灯します。みんなその灯りが点いた山道をお精露さまと降りてくるんです」

そんな話も眼に見えるようだった。だがくら子の山の行事ほどではないにしても、盆は美土里の家も寛宣の迎えをする。

するとくら子は田舎は旧暦の盆なので、今年は七月三十日から盆になると言うのだった。ちょうど町より十日ほど早くなる。三十日にお精露さまを迎えに行って、山埜家に一泊して帰っても、まだ間に充分、日にちの空きがある。

美土里は旧暦盆と新暦盆のことはよく知らなかった。土地によっては三通りも盆の日程が異なると聞いて驚いた。

「旧暦の盆は毎年ズレていって、年によっては九月の盆になったりします。季節が変わると盆のお供えの果物も違ってくるんですよ」

旧暦盆は中国、四国、九州、沖縄や南西諸島に多いそうだ。

「では七月三十日に山へいらして、お精霊さま迎えをご覧になり、明くる日ここを発たれるといいでしょう。片道二時間ですから帰りに小倉で盆のお買い物もできます」

ただ問題は運転手である。美土里は車を持たない。時実美子を誘おうと思った。彼女もお精露さまを見たがるだろう。辰子も俳句が作れるだろう。美土里の心は忙しくなってきた。

「誘いたい女友達がいるんだけど、二、三人でお邪魔するわけにはいかないかしら。むろん運転手同伴です」

「田舎は御馳走はないけど、部屋数と布団だけはあります。皆さんでどうぞお出でくださ い」

くら子の声が弾んでいた。

その夜。美子に電話を入れると即座に話に乗った。

大阪から越してくる美子の弟は、向こうの店仕舞いに手間取って移転は遅くなるようだった。美子は身軽なのですぐ話が決まる。次に十島辰子を誘うと、案の定これも俳句ができると喜んだ。盆は夫の十島氏の田舎に行くため、帰りはそのまま熊本へ行くと言う。

絵描きの教子は秋の地元の展覧会を控えているので、それどころではない。絵も描かねばならないし、描いた絵の天日干しの作業もある。だが美土里の耳の奥には、いつかの夜の電話以来、まだ会ったことのない貝島氏の声が残っていた。教子はまだ若い。未亡人倶楽部の遊びに巻き込まない方がいい。

そんなことで旧暦盆の山行きは美土里を入れて三人となった。

パソコン教室の帰り、いつもの『時知らず』に寄ると、カウンターの美子が待ち兼ねたように出てきて、奥のボックス席のテーブルに九州道路地図を広げた。

くら子の住む大分の山間の町へは東九州自動車道を通り、日出《ひじ》ジャンクションで降りて、緑の濃い九重《ここのえ》路に入る。所要時間およそ二時間である。大分の山といえば昔は遥か遠路だった。

「でも何だか若いときの海外旅行みたいに、わくわくするわ。なぜかしらね」

と美子が笑った。

本当は海外より遠い所へ行くのかもしれない、と美土里は思う。眼に見えないものを見に行くのだから。

第八章

例年より暑い七月だった。

朝、家を出たときには空がもう白熱しかけていた。

美土里は待ち合わせのJRの小倉駅へタクシーを飛ばす。駅前の駐車場にはもう美子の車が着いていた。後ろの窓から辰子が首を出して手を振ってくれる。

小倉駅からすぐ高速道路に入ると東九州自動車道を走った。大分方面へするすると南下して行くのだ。途中で宇佐《うさ》神宮を横に見て別府方面へと乗り換える。それから日出ジャンクションで高速を降りると、車窓に鄙《ひな》びた町並みが現れる。延々と緑の深い山地を走った。

辰子が子どものように無心に窓の外を眺めている。

「死んで魂になるのもいいかもしれないですね」

とつぶやいた。

「やだ、辰子さん。死ぬことなんか考えてるの？」

ハンドルを握る美子が言った。

「だって死ねば、こんなに広い九州山地の空を飛べるんですもの……」

そうか、魂かと美土里はうなずく。死にたくはないが、魂になってみたくはある。ずいぶん身軽になれるだろう。体というのは重いものだ。

佐衣子を妊娠していたとき、横断歩道を渡ってくるすごく体格の良い男とすれ違った。身長は百九十センチ近くあるだろう。体重も百キロを超しているかに見えた。この肉体を運ぶのは大変だろうとチラと思った。気の毒に、どんなにきつかろう。美土里は心から同情した。

家に帰って寛宣に話すと笑われた。

「馬鹿か、5ナンバーの軽が3ナンバーの車を気の毒がってどうする！　搭載エンジンが違うんだ」

そうか、妊婦や病人、高齢者は軽自動車並みのエンジンなのだった。痩せた体が重く辛いのも当然である。岩のような筋肉で固めた相撲取りやプロレスラーは軽々と生きる。そもそもエンジンが違うのだ。

けれどその寛宣も老いて体が動かなくなると、痩せさらばえた自分の体の重みにおしひしがれた。今は死んでこの空をヒュウー、ヒュウーと飛んでいるのだろう。

魂になって良かったわね……。

ぼんやりとそんな気持ちが湧いた。

「人の魂にもそれなりの重さというものがあるのかしら」

ふと美子が聞いた。

「くら子さんが嫁にきた頃、お舅さんのお精霊さまを背負わされたとき、立ち上がろうとしたら重かったたって」

と美土里が思い出すように答える。

「えっ、魂を背負うのは男の人がするんじゃないの？」

「魂は軽いから女性にもできるらしいわ」

たぶん嫁にきて間もない若いときだから、緊張していたのだろうとくら子は言った。先年、くら子の夫が亡くなって初盆のとき、お精霊さまを背負った長男は何ともなかったとケロリとしていたそうだ。人によって重かったり、軽かったり、妙なものだ。

やがて約束した町役場前に着くと、山埜くら子の姿があった。盆休みで辺りに人影はない。くら子の車の後について山道を奥へ奥へと走ると、大きな池のそばに門構えの古い屋敷が現れた。山埜家の先祖は明治維新後、わけあって逃れて来た武士だという。一帯は旧徳川家の藩領だったようだ。

道端には草を刈る人々が出ていた。お精霊さまが戻られるので草刈り清掃を数日前からやっているという。

「どうぞお入りください」

くら子に案内されて屋敷に上がると、廊下から部屋の隅々まで拭き清められている。奥の台所の方から煮物の匂いが漂って、若い嫁らしい二人の女性が挨拶に出てきた。

「お義母さん。破竹の煮物と素麺と冷やし団子が出来ました」

とくら子に報告する。

「破竹と素麺は夫の好物で、冷やし団子は姑の大好きなデザートでしたの」

くら子が説明する。今夜は夕食の膳とは別にお精霊さま一人ずつの好物を先に作るのだ。帰宅する霊のための行事である。仏前に供える汁物、酢の物、煮しめもすべて二人分だけ作る。仏様一人に二品ずつ、残ると夏場は傷みやすいからである。

形のない、見えない二人のための支度が、すでに始まっているのだった。お精霊さまはやがて墓所からここへ帰ってくる。その臨場感がそくそくと迫ってきた。

広い台所を覗かせて貰うと、こちらには大鍋が火に掛かっている。山埜家の現在の家族と美土里たち来客のための今夜の料理で、ちらし寿司や赤飯が大皿に盛られてあった。干した破竹の炒め物や、胡瓜と春雨のなますの鉢、ふかし饅頭の重箱、そんな精進料理の数々が広い円卓に並べてある。

　客間に通されて荷物をおろし、気がつけば汗はいつの間にか引いていた。ここは標高が高いのだ。日の暮れも山の下より遅くなる。美土里がみんなと用意した土産のコーヒー豆や菓子折りを差し出した。

「嫁さんたちが喜びます」

　くら子が眼を細めて礼を言った。

「お精露さまのお迎えで気を付けることはありますか？」

と、改まったように辰子が聞いた。いつもの俳句手帳とボールペンを出している。くら子は少し考えて答えた。

「それはもう、お精露さまを落とさないことだけです」

　落とす？

「もしもお精露さまを背中から落としたら……どうなるんです」

と辰子が聞いた。今度はくら子が少し黙り込んだ。

「そんなことは今まで一度も起こらなかったので、想像が付きません」

　くら子がそう答えると、辰子は言葉を失った。くら子にすればそんな質問はとうていあり得ないことらしい。しかし街の人間からすると、ぜひともくら子の口から聞いて確かめたいことである。双方ともに想像外の質問と答えのようだった。

そうしているうち、やがて空がしだいに翳ってきた。


夕暮れ前、外の道に人声が響くようになる。

山埜家の前は墓所へ行く通り道だった。玄関に出ると人々の列が上へ向かって進んでいた。くら子と二人の息子が出て来た。鴨居に掛けた山埜氏の写真によく似た青年たちだ。それに親戚という老人二人が加わった。

外の道には昼に来たとき見かけなかった電球が、ポツポツとコードに吊るされている。帰り道を照らす灯りだろう。くら子と二人の息子に老人たち。それと美土里と美子と辰子。総勢八人で出発した。見上げれば昼の月か、いや夕月か。

日暮れの山道は涼しすぎるくらいだ。

「犬の声がする」

と、長男がつぶやいた。次男が耳を澄まして、

「そうだ。あいつら、去年も帰って来たんだった」

先代の二匹の猟犬は今年も主人のお伴をして来たのだ。

「こりゃ大変だ」

次男が慌てた。すぐ携帯で電話を掛け始めた。

「おい。ワットたちも帰ったようだ。犬の餌を用意しておけ。精進料理しかない？　素麺があるだろ。あいつら素麺、好きだから」

家で待つ妻に話しているようである。どうやらここは現世から遠い所のようだった。落としてはならないお精露さま。死んだ山埜家のかつての猟犬たちも一緒に帰って来る。この先どんなことが起こるのか。腕時計を見ると家を出て三十分が過ぎていた。山の夕陽は急に落ちて行く。

連なる電球が一斉にギラッと点いた。林の中の灯りは木の下闇に小さな魂が爛々《らんらん》と燃えているようだった。林をザワザワザワと突っ切って進んで行く。抜けると森閑とした墓所に出た。近道らしい。そこからめいめいの墓へと分かれて行った。

山埜家の墓所に来た。くら子が家から持ってきた瓶の清水を墓石にかけて清める。息子たちが竹筒を手に樒《しきみ》や鬼灯《ほおずき》を活ける水を汲んで来た。人々が唱える般若心経や法華経の読経の声が、墓所に細い川のように流れる。虫の音がやんだ。美土里たちは後ろに下がって手を合わせた。

読経が終わる。

くら子の息子たちが墓石の前に腰を屈めた。姿の見えない相手に背中を差し出す。美土里はじっと見つめた。何者かの影法師の片鱗でも見えないかと。しかし何も見えなかった。息子たちはそろそろと立ち上がった。見えない人は無事に負ぶわれたようだ。息子さん、と声をかけて聞きたかった。背中は重くないですか。あなたの両肩に誰かの手が触れていませんか。

くら子が息子たちの背中に向いて手を合わせると、挨拶の言葉を延べた。

「お精霧さま方。お帰りなさいませ。家族一同この日を待ち望んでおりました。これより家へお連れ申します。遠路さぞお疲れになったでありましょう。どうぞ今しばらく、この者たちの背中でお休みくださいませ」

山埜家の人々が歩き出すと、二人の老人が長男と次男の後ろを守ってついて行く。

「落とすなや。落とすなや」

老人たちは息子に声をかけた。

美土里はやっと二人の役目が理解できた。息子たちは背と腰を屈めて、両腕を後ろに回した姿勢を維持したまま、墓所を後にして林の道を下る。電球の大きな目玉が連なって足元を照らしている。ごろごろした石の坂道をゆっくり歩く。

きつかろう。小石や枯れ草で足を滑らせやすい。

「落とすなや」「落とすなや」

林の近道を抜け、電球の光を頼りに下りて行く。

最初に見えてきた屋根が山埜家だ。息子たちが父と祖母の霊魂を背負って無事に帰り着いた。嫁たちと親戚の年寄りたちが門前で待っている。居並んだ年寄りの中の一人が挨拶を述べた。

「ご先祖様。はるばるとよくお帰りくださいました。長旅でお疲れでありましょう。さあ、仏間へ入られてごゆるりとお過ごしくださいませ」

昔から盆の間は年寄りを生御霊《いきみたま》と呼ぶという。御霊同士の挨拶だろうか。何か芝居を見るようなひとコマである。

二人の息子はお精霊さまを背負ったまま、玄関を上がって廊下の奥の仏間へ行く。「落とすなや。落とすなや」の声を従えて。仏間の正面、床の間に据えた大きな仏壇の前に来ると、背を向けて屈み込み、お精霊さまをおろした。それから額の汗を腕で拭うと、立ち上がって背を伸ばした。

見ている美土里たちはホッと吐息をついた。

翌朝、朝食の後で山を降りた。

干しタケノコや山の物を土産に貰った。宅配便の箱に土産とボストンバッグなどの荷物を一緒に詰めて家へ送った。門の前でお世話になった礼を述べてくら子の家族たちとも別れた。

朝陽が光る山道を車はバウンドしながら降りた。

運転席の美子がハンドルを握って独りごちる。

「わたしたちが見たあれはいったい何だったのか」

「ええ、確かに何かあそこで見たような、でもじつは何も見なかったような気持ちもいたします」

辰子がつぶやいた。車の中はしばらくしんとなる。

朝陽がさんさんと射し込むので、昨日の夕方の出来事がよけいに夢のようである。けれど美土里は自分たちが見たのは夢ではないと思った。百年も、あるいはそれ以上も前からお精霊さま迎えは続いている。そこへ行ってきたのだ。

ここではない、どこか遠い所へ。

そして今こうして、ここへ戻ってきた。

山を降りた辺りで後ろの席の辰子がメモ帳を前の席の美土里にそっと渡した。俳句ができたようである。美土里はハンドルを握る美子のために、声を出して読んでやる。

亡き人を背負うて倅《せがれ》の魂迎《たまむか》え

魂迎え生御霊《いきみたま》らがぞろぞろと

昼前に車は北九州に着いた。小倉駅に辰子を送って行く。熊本まで新幹線みずほで一時間弱である。白髪頭に痩身の後ろ姿が構内に遠ざかった。辰子は亡夫の田舎に帰って行くのだ。

あそこにも生御霊が一つ、と思いながら美土里は見送った。

家に帰り着くと、もうまもなく寛宣の初盆である。

コロナ禍でおこなう年忌は、たいてい身内だけですませることが多い。そんな中でも、寛宣の会社を継いだ義弟の倉田義弘がやってきた。それから葬儀にも連れだって列席した年来のゴルフ仲間三人も、喪服に改めて加わった。

美土里は客がくる前に、かねて練習をした「法華経如来寿量品」のお経をあげた。五月に転倒したときの打ち身は踝《くるぶし》の関節の痛みも消えて、気持ちよくぺたんと座った。佐衣子の声は凜々とよく響き、亮は正座の足を崩すことなく、美土里が鉦を叩く音は乱れもなかった。

客が帰った後、亮は足を投げ出して気持ちよさそうに寝そべった。

「やったよなァ」

亮の家の小さくてモダンな仏壇には、癌で亡くなった彼の父親と寛宣の二つの遺影が納まっている。亮は毎晩その前で読経の練習をやっていたという。

「死んだ人と交信する方法はお経しかないですからね」

冥界には電話もネットもつながらない。佐衣子の話では、何と昨夜の夢に寛宣が現れたそうである。美土里は彼の死から後、一度も夢を見ていない。

「あの窓から……」

と仏間の海の見える掃き出し窓を指さした。西の空に夕焼けが始まりかけている。

「あそこにお父さんが立っていてね。こっちを振り返ったの。それから、じゃあなって言って、片手を上げると窓からフワリと消えて行ったの」

「そのときどんな服、着てた？」

「病院に入院していたときの寝間着」

病衣は容体が悪くなってから浴衣風の着物に変えている。つまり死が近い頃の寛宣の姿だった。少し掠れた、じゃあな、の声が耳に残っていると言う。

「わたしには挨拶がなかったわ」

「お母さんは現実派だから、出てきても見えもしないし、声も聞こえないと思うわ」

佐衣子はアッサリと言う。

「読経というのは腹式呼吸だよね。今日はつくづく実感した」

亮はそんな夢の話より大した発見をしたように、二人に力を込めて話す。

「ひと息吸うと少しずつその息を吐きながら、お経の文句を発声していくでしょう。……唱えながら息を吐き尽くしたら、またスッと吸い込んで、そしてまた唱えながら息を吐き出していく。これってまったく腹式呼吸じゃないですか。だからお経をあげながら、どんどん気持ち良くなっていく。声出しながら知らないうちに瞑想やってるというか、ハマるはずですよねえ……」

美土里もそれは実感した。唱えながら呼吸がらくに軽くなっていく。理にかなっているのだ。生きて死者にお経を上げている者も、聴いている死者も、一緒にらくに軽くなっていく。どうやら美土里たちは揃ってお経にハマったのだ。


次の読経は翌月の一周忌だった。

忌日は前倒しできるが、遅れることは一日もならなかった。それで一周忌の法要は、ちょうど命日の九月四日におこなった。

義弟の義弘と婿の亮。佐衣子は前月から病院のシフトを替えてもらい、美土里はパソコン教室を休んだ。

読経のときには義弘も加わって、美土里たちを驚かせた。どうやら義弘も練習をしてきたらしく、たどたどしい声だが導師の亮に合わせて読経は進んだ。それが終わると、用意していた精進の仕出し弁当を四人で囲んだ。

美土里が酒を出すと、義弘と亮は膝を崩して胡坐をかいた。

「こうなると、何だか一人いつもの顔ぶれが足りない気がしますね……」

「飲み会の中心は兄貴だったからね」

と義弘が穏やかな声で言う。

「とにかくあの人は、会社から帰ってきたら、酒」

と美土里が思い出すように言った。

「そして日曜は、朝から外で車を洗いながら、酒」

と佐衣子。

「ゴルフに行くと昼飯と並んで、酒」

亮がアハハハと笑った。

「大動脈瘤の手術で入院する前の晩、電話がかかってきたんだよ。しばらく飲めないから、今夜飲んでいる。お前もこい！　って、酒場からだ」

と義弘がバラしてしまう。

美土里も亮も佐衣子も、まさか、と呆れる。

「馬鹿たれ！　早《はよ》う家に帰れ。ぐずぐずしてると義姉さん連れて、そっちへ飛んで行くぞ」

義弘が怒鳴ってみせる。

死んでから後悔しても始まらない。そして死んだ者に怒っても始まらないのだ。義弘の妻は長くリウマチを病んでいる。その日も義弘の酒はあまり進まなかった。早めにタクシーを呼んで先に帰って行った。

亮は食事を終えると、汗を流しに浴室へ立った。

佐衣子は持参の紙袋から亮の着替えのシャツを出している。また寛宣の肌着である。シャワーを浴びた亮は寛宣のちぢみのシャツに首を突っ込んだ。そしてまた蟬が脱皮しかけたような、というより寛宣の殻から亮の首や手足が生えた……、奇怪な姿ができあがる。

美土里はそれを見ると少し怖い気がした。だが亮は美土里のためにその格好で笑わせてくれるのだから我慢する。

数日後の夜。

「一周忌はぶじに終わりましたか。お疲れ様」

と時実美子から電話があった。両家の亡き夫の命日はつながっている。これで二軒とも終わったのだ。

「でも、うちはまだ続きがあるの」

美子のくぐもった声が笑っている。

「続き？」

身内に不幸が続いたのか。

「そうじゃなくて、渡り鳥のハチクマの見送りなの」

ハチクマは鷹の一種で蜂を主食にする猛禽類だという。例年九月半ばから十月半ばに、北は安曇野《あずみの》辺りから日本列島を南下して、九州北部から長崎へ抜けてインドネシアの越冬地まで飛んで行くらしい。地元のテレビにもその話題が出ていた。だがそのハチクマと美子とどんな関係があるのかと思う。

「時実はね、渡り鳥が好きで、中でもハチクマが日本を離れるときは、福岡市の油山《あぶらやま》から長崎の五島まで追いかけて行って見送っていたわ」

福岡市の油山の展望台は、日本でも有数のハチクマの通過地点だという。

「去年は八千羽も油山の上空を飛んで行ったらしいの。空一杯にね、サアーッと鳥の影が何日もかけて流れて行った……。時実は最後にハチクマにお別れを言いたかっただろうけど、秋になる前に逝ってしまった。見送れなかったの」

だから美子は時実氏の代わりに、今年こそハチクマを見送りに行くというのだ。

「普段は時計ばかりいじってる人が、秋になると俄然、双眼鏡を摑んで車で飛び出して行ったの。わたしはせいぜい近場の油山の展望台に、毎年くっついて行くくらいだったけど」

時計と、渡り鳥か……。そういえば、どちらも似ていなくもない、と美土里は思う。人の手に摑まえることができないもの……。休みなく進む時間と野鳥の渡りは止められない。見送るだけだ。そういえば最近あまり空を見ていない。

「わたしも美子さんにくっついて行こうかしら」

ふと美土里は思い立った。

「案内するわ！」

待ってましたとばかりに美子が言った。

「ハチクマは高く飛ぶから双眼鏡があると便利よ」

それは階下の戸棚にある。油山は福岡市内の小山で展望台から博多湾が一望できた。ハチクマはどっちへ飛んで行くのだろう。美土里は胸が躍った。

「ついでに辰子さんも誘おうかな」

と美土里が言うと、

「ついでに教子さんも誘ってみる？」

こうなると誘わない方がまずくなる。その役は美土里が引き受けた。

渡り鳥は雨が降る日は飛ばないという。ただ雨が上がった朝にはわれ先にと飛び発つ。美子は九月末と十月の長期の天気予報を見てみることにした。


十月初旬の朝。

美土里の家に山城教子の軽ワゴン車が迎えにきた。

これから博多へ行くというのに、教子はいつもの作業ズボンをはいて、腰に手拭いをぶら下げたままである。後ろから見ると若い大工と変わることはない。教子と貝島のことは思い過ごしだったのだろうか。いや。恋愛しても格好が変わらないのが教子らしいところかもしれない。美土里はいろいろ思いながら助手席に座った。

これから教子の車で都市高速を通って、福岡市内の油山をめざすのだ。同じ頃、美子と辰子は八幡の黒崎《くろさき》インターから高速バスに乗り、同じルートで天神《てんじん》のバスターミナルで降りて教子の車に乗り替える。前の晩は雨が降ったが夜明けにはやんだ。すっかり晴れた朝の高速道路を教子の車は軽快に走った。

一時間後、天神で美子たちを拾うと四人で油山の片江《かたえ》展望台に向かう。油山は福岡市民の『憩いの森』だ。二十分ほどで着くと、麓から家並みが点々と続く丘陵地の天辺に、小さな展望台がある。

十人ほどの初老の男性が双眼鏡を構えて空を見ていた。野鳥の会のバッジを付けている。後から続々やってくる人々は、狭い展望台に上がれなくて石段の周辺に陣取った。

展望台の正面にはビルの建ち並ぶ福岡市街区が見える。その先に霞がかかったように博多湾が広がっていた。ハチクマは東の方角から飛来するという。日本列島を南下してくるので、北九州の山々を越えて現れる。人々はみんな東の空を向いて立っていた。

誰も彼も空を見張っている。空の警備員のようである。

「舞台はまだカラですね」

と教子がニコンの双眼鏡をバッグから取り出して肩に掛ける。美士里と同じ機種だった。双眼鏡はあまり見え過ぎるとどこを見ているのかわからなくなり、空中で迷子になると寛宣が言っていた。ゴルフ場で球の行方でも追っていたのだろうか、倍率は10×30と記してある。

辰子も十鳥氏の形見の双眼鏡を持ってきた。こちらは年代物らしい。十鳥裁判官は生前これで何を見ていたのか。

空はまだカラッポだった。

薄い雲が網のように流れている。死んだ者たちはどこへ行ったのだろう。魂の行く先は空しかないような気がする。けれど美土里の中で空への幻想は薄れていくのだ。飛行機やヘリコプターが往来する空はリアリティが濃過ぎた。

朝の空には太陽が昇り、日が暮れると月や星が出る。積乱雲や綿雲、鱗雲《うろこぐも》など、一年中、雲が生まれては消えていく所だ。そしてこの季節には渡り鳥たちも通過する。

美土里と教子は展望台の石段に立っていた。教子が双眼鏡を眼に当てたとき、その左手薬指から射す光が美土里の眼を射た。細くて目立たないほどの指輪だったが、その輝きは白金だろう。腰の手拭いには似合わない。美土里はどうしても貝島氏のことを考えずにはいられない。たぶんそうだ。きっとそうだと思う。

見上げる空にはハチクマの影はなくて、福岡空港を発った白い翼の旅客機がツーと見えない斜線を引いて滑って行く。航空機は高度八千から一万二千メートルの層を進むという。ハチクマの写真を売る野鳥の会の老人が教えてくれた。

「ハチクマの秋の渡りは、高度数百から一千メートルを飛びますな。春はそれよりも高《たこ》うて、二千から三千メートルは上を飛ぶ。高い所の上昇気流に乗って移動ばすると楽ですからな。秋は反対に東から西に吹く追い風ば背に受けて、高度は下がるけどスピードはだいぶ速かですたい」

　鳥たちは自然の力を借りて上手に移動する。老人は自分の孫の自慢をするように上機嫌だ。

「きた、きた、きた、きた！」

　辺りがドッとどよめいた。

　つぶてを撒いたように東の方角から鳥影が現れた。近づくにつれて、長い両翼がゆうらゆうらと揺れている。羽ばたかずにグライディングするのだという。雁が行くような隊列は組まず、空一杯に鳥影をばら撒いたように拡散した。てんでんばらばらに、自由に、好き勝手に、飛びまわる。見上げた空がいちめんの青い海になった。薄雲の波間を鳥影がさらさらさらと滑っていく。

「ずいぶんばらけて飛ぶんですね」

　振り仰いだ辰子の口があんぐりと開いている。

「ハチクマは大きくて強いから、くっつき合って防御する必要がないのかもね」

と美子。左右の翼を広げると一メートル四十センチほどあるという。

「猛禽類だから。のけ、のけって威張ってるみたいね」

美土里は初めて双眼鏡で見る空を美しい！　と思った。

双眼鏡の筒の中は真っ暗で、二枚のレンズが重なっていって大きな一枚の光り輝く円となる……。レンズが切り取った円形の空にハチクマの尾羽の横筋がくっきりと映った。

西へ、西へ、輪を描きながら鳥たちは滑って行く。

ハチクマの大団円である。山頂の人々が歓声をあげた。胸が震えるようなこの幸福感はいったい何だろう……。人々のどよめきが山を覆って膨れ上がり空へ昇っていく。

やがてひとしきり鳥影が去って行くと空は静かに澄み渡った。どよめいていた人々が双眼鏡を外してわれに返る。美土里の向こうに美子が立っているのが見えた。双眼鏡を外して手の甲で眼を拭っている。泣いているのだ。思わず視線を外して美土里は見ていないふりをした。

次のハチクマの群れは二十分ほど経って現れた。

その前に鳶が二、三羽飛んできた。

「きた、きた」

「あれは違う。尾羽が三味線のバチみたいに広がっとる。街のトンビじゃ」

下から見上げると翼を広げた大きさはハチクマのように見えるが、鳶は渡り鳥ではない。人間の住む街で暮らしている。

また、展望台がどよめいた。

「きた、きた。今度はハッちゃんじゃ！」

ハチクマである。みんな空に向いて双眼鏡を当てた。相筒の暗闇が一つの円形になってまばゆく光る空が映り、翼の長い鳥影を捉えた。筒の中の闇と光の境に映る鳥の姿は夢のようだった。ヒラヒラヒラヒラとまた斜めに飛んで大きくなる。

一方で羽ばたかない鳥たちは何か音楽にでも乗っているようだ。猛禽とは見えなかった。光の天使たちの飛来である。

美土里の眼がじわりとぼやけた。涙でレンズがかすむ。あれは生きものではない気がする。左手で自分の眼を拭う。視界は博多湾まで続く広い広い空だった。

美土里は東洋の仏教の感性を優れていると思う。カラッポの意味である「クウ」に、「空」の漢字を当てたこと。そして仏教の「空」には魂など見えない様々なものが混然と溶け込んでいるのだった。

昔、市立図書館にきた大学の講師の話を思い出す。この世に真のカラッポはないという。「真空」にも分子や原子、素粒子などが拡散している。そして今、美土里が見上げるこの

「空」にも人間の願いや、祈り、愛や、悲しみ、様々な思いが溶け込んでいる。そして豊かなのだった。

ハチクマの渡りはいっとき空を彩って、人々の心を沸き立たせると西の空へ飛び去って行った。これから長崎の五島を越えて中国大陸へ渡り、それから一気に南下してインドネシアやフィリピンの越冬地をめざすのだ。

山頂の人々はしばらく帰り難い様子で立っていたが、少しずつ下の駐車場へ移動し始めた。夕方までハチクマの渡りはまだ続く。このまま次の飛来を待つ人と、これで下山する人と、今から登ってくる人が狭い展望台を往来する。

美士里たちは下山することにして、駐車場へ降りると教子のワゴンに乗った。街へ降りる車の渋滞でワゴンはのろのろと進んだ。

「アッという間でしたわね」

と辰子。

「鳥って、行ってしまうものなんですね……」

と運転席の教子がぽつりと言った。すると美子が後ろの席で思い出すように話した。

「時実が生前に言っていたことがあるの。鳥というものは、飛んで行くから好いんだって……」

すると辰子が首をかしげる。

「それは、どういうことでしょうか？」

「野鳥はね、両手で摑まえようとしても」

と美子が手真似をして、

「バサバサッと両手の中から飛び立ってしまうんだって。野鳥は摑んでいられないのね。まるで一瞬の光みたいに手を抜けて、まっしぐらに飛んで行くの……。今まで自分の手中にあったものが、ボールが飛ぶようにグーーンと空の彼方へ見えなくなっていく。その飛び去るものがつまり鳥なんだって……」

時実氏は本当に野鳥を愛していたのだと思った。

けれど美土里は握り締めていたい。飛び去っていくものは淋しい。手の中がカラになるのはつらいことだ。ここにいる辰子だって美子だって、教子なんかでも、きっとそうだろうと思うのだ。

帰りの車中、辰子はハチクマの句を一つ手帳にメモをした。

亡き人のまなこに流れる鷹の渡り

俳句では、野鳥の「渡り」や「渡る」は秋の季語になるという。そして「鳥帰る」などは、逆に春の季語となる。つまり日本に帰ってくるのが春鳥で、ボールのように日本をポーンと飛び出て行くのが秋鳥というわけだった。

その夜。

美土里はパソコンでハチクマの秋の渡りのルートを調べた。インドネシアまで五十数日間の旅である。ハチクマは蜂を食べるので洋上を長く飛ぶことはない。中国大陸にまわったり、海の島々を伝ったりして蜂を食べながら南下する。

画面に映る渡りのルートは色鮮やかな極楽の図を見るようで、夜更けながらも胸がときめくようだった。エメラルドグリーンの海に不思議な形をした奇岩の島が、ハチクマを迎えるように次から次へと現れた。極彩色の南洋の海と花々。砂州《さす》に打ち寄せる白波。

美土里は夜遅くまでその風景をすべて、カラー・プリントし終えてベッドに入った。そして波の音の中でぐっすりと眠り込んだ。

明くる朝。

カーテンを開けて部屋に日光を入れながら、美土里は自分の脳裏に何か消え残った映像があることに気付いた。

潮騒の響くひとけのない砂浜がある。

眼の前に海が広がっていた。

そこに立っている美土里自身。たしかに見覚えがあるのだった……。

ふいに後ろから男の声がした。若者の勇んだ声である。

「おい！　インドネシアまで行くのに、ここからどう飛んで行ったらいいんか！」

人に物を尋ねるのに偉そうな口をきく。

振り返ると貧しい身なりの少年が立っていた。小柄な体つきで、ボサボサ髪を後ろでチョンと結び、丈の短い着物に裸足である。十七、八の漁師の少年という感じ。

浦島太郎……。何となくそう思った。インドネシアに？

「教えてあげる。こっちについていらっしゃい！」

美土里は波打ち際を走り出した。気持ちが良い！　後から太郎がどんどん追ってくる。

振り返ると、手を上げて太郎に教えた。

「ほら、あそこ。大きな風穴がある岩礁。見えるわね」

奇怪な岩々の島が浮かんでいる。風穴に風がドウドウドウと音立てて吹き抜ける。

「おう」

と太郎がうなずいた。

「あの岩の島の上を真っすぐ飛んで、それからずっと先の大きい島と小さい島が並んでる、その上をどこまでもどんどん飛んで行くの」

「おう」

「後はそのまま夕陽が沈む方向をめざすのよ」

「ありがとう。じゃァな！」

と、太郎が礼と別れを言った。

波打ち際まで駈けて行くと、太郎の体がピョーーンと飛んだ。小柄な体が鳥のように軽々と宙に舞い上がった。手を振る太郎。

行きなさい。

美土里は見上げて、胸の中で叫んだ。飛びなさい。あの夢のような島々の上を渡って、南のインドネシアまで。

あなたの極楽まで。

どんどんどんどん太郎の影が海上に小さくなって薄れていく。

「行っていらっしゃーい！」

美土里は浜辺で手を打ち振った。

その光景はなぜか夢とは違うようだった。

部屋のカーテンを開けたとたん、そこにはもう海がある気がした。そこで太郎を見送って、手を振りながら部屋に戻ってきた。

そんな感じがしたのだった。


次のパソコン教室の帰り。

美土里たちはいつもの『時知らず』に集って、辰子に出された宿題の俳句を持ち寄った。

辰子の『地獄句集』の刊行は年末の予定だけれど、印刷所の締め切りは今月末である。

印刷と製本にそのくらいの日数は早くてもかかるのだ。

初心者ばかり揃って三人三様の、俳句らしきものが色紙にもっともらしく書いてある。

辰子が礼を言って手に取った。美土里と美子と教子はクスクス笑う。最後の教子の句には季語がなかった。

寒椿これにて地獄は仕舞いけり　　美土里

熱燗《あつかん》や別府始発の地獄旅　美子

地獄でも極楽でも良しゴールイン　教子

十鳥辰子の『地獄句集』の奥付は今年の十二月三十一日。まだ二か月も先の大晦日の日付であった。

（了）

謝辞

執筆にあたり、始終励まし気遣って下さったわが倶楽部の車香澄さん、中川智子さん、宇都宮信子さん、山根レイコさん、荒句砂羅《アレクサンドラ》さんに御礼申し上げます。
また構想の上でお世話になった毛利一枝さん、川野里子さん、お力添え有難う御座居ました。

村田喜代子

『中央公論』二〇二三年五月号～二〇二四年七月号連載

村田喜代子

1945年、福岡県生まれ。77年、「水中の声」で九州芸術祭文学賞最優秀作を受賞し、本格的な執筆活動に入る。87年、「鍋の中」で芥川賞を受賞、90年『白い山』で女流文学賞、92年『真夜中の自転車』で平林たい子賞、98年「望潮」で川端康成賞、2010年『故郷のわが家』で野間文芸賞、14年『ゆうじょこう』で読売文学賞、19年『飛族』で谷崎潤一郎賞、21年『姉の島』で泉鏡花賞を受賞。他の作品に『八幡炎炎記』『エリザベスの友達』など多数。

美土里倶楽部《みどりくらぶ》

二〇二五年 三 月二五日　初版発行

著　者　村田喜代子《むらたきよこ》
発行者　安 部　順 一
発行所　中央公論新社
〒一〇〇-八一五二
東京都千代田区大手町一-七-一
電話　販売 〇三-五二九九-一七三〇
　　　編集 〇三-五二九九-一七四〇
URL https://www.chuko.co.jp/

DTP　平面惑星
印　刷　大日本印刷
製　本　小泉製本

Published by CHUOKORON-SHINSHA, INC.
Printed in Japan　ISBN978-4-12-005898-1 C0093

定価はカバーに表示してあります。落丁本・乱丁本はお手数ですが小社販売部宛お送り下さい。送料小社負担にてお取り替えいたします。

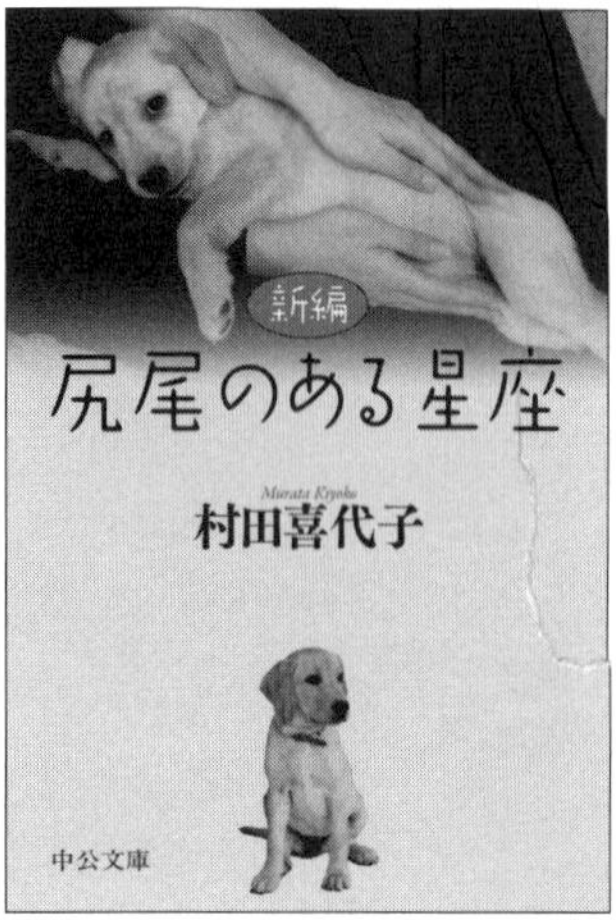

新編　尻尾のある星座

薔薇の枝を噛み砕くことが好きだった
シベリアン・ハスキーのルビィ。
ルビィ亡き後やってきた、暴れん坊の
ラブラドール、ユーリィ。
二匹の犬との日々を振り返り、生きる
こと、死ぬことの不思議を見つめた、
珠玉のエッセイ集。